AF216276

Eric Dammsky

GoldbergU

Erzählung in zwei Teilen

© 2018 Eric Dammsky

Herstellung und Verlag:

Books on Demand GmbH, Norderstedt

ISBN-13: 9783746024493

Die erste Fassung von Goldberg (Teil 1) stammt aus dem Buch »Irrlichter des Vergangenen« von Eric Dammsky.

Teil 1 - Joanna

1.

Soweit das Auge blickte, war der Boden mit Asche und Gesteinsbrocken bedeckt. Dazwischen erhoben sich kleine, zu Basalt erstarrte Vulkanschlote, aus denen Lava quoll. Immer wieder ereigneten sich unterirdische Gasexplosionen, die tiefe Löcher in die Erdkruste rissen, aus denen das glutflüssige Magma spritzte. Ein beißender Schwefelgeruch lag in der Luft. Nur wenige Stellen der Landschaft waren von dem Urzeitchaos nicht betroffen und noch von einem grün schimmernden Überzug aus niederen Pflanzen überzogen. In etwa fünfzig Kilometer Entfernung schleuderte ein gewaltiger Vulkan Gestein und Aschewolken in die Stratosphäre, die erst die Sonne verdunkelten und dann als tödlicher Regen zurück auf die Erde fielen. Bald würde das letzte Grün von einer heißen Schicht verbrannt sein.

Es war vor acht Millionen Jahren, als markante Landschaften des heutigen Hessenlandes durch heiße Lavaströme geschaffen wurden. Irgendwo in Afrika entwickelten sich zur gleichen Zeit die Vorläufer des modernen Menschen, Hominoiden, die auf zwei Beinen gingen.

Joanna musste lächeln. Wenn sie morgens im Bett lag und sich nicht zum Aufstehen durchringen konnte, kreisten ihre Gedanken manchmal um dieses Urzeitchaos. Ihr Vater hatte ihr schon als Kind die von glühender Lava bestimmte Landschaft ausgemalt und seine kleine Tochter in Angst und Schrecken versetzt. Er hatte so aber auch die Faszination für die vulkanischen Vorgänge ausgelöst, die sie bis heute nicht losgelassen hatte. Joanna wäre so gerne Augenzeuge dieser Ereignisse gewesen. Es war einfach unvorstellbar, wie es in dieser landschaftlich schönen Senke mit ihren Basaltkuppen einmal ausgesehen haben sollte. In einem war sie sich sicher: Chaos und Inferno würden eines Tages zurückkehren und die liebliche Landschaft mit ihren Äckern, Wiesen und Wäldern wieder verschlingen.

Es war ein Privileg, auf einem die Flussniederung um fast hundertfünfzig Meter überragenden Hügel zu wohnen, den die Bewohner der umliegenden Dörfer nur »den Berg« nannten. Diese Erhebung aus besonders hartem Basalt besaß immer noch die steilen Abhänge aus ihrer Entstehungszeit. Lediglich am Fuß des Basaltkegels hatte sich aus Schutt und Asche Material abgelagert, das einen breiten, schwach geneigten Abhang bildete. In diesem Bereich entwickelte sich seit Jahren ein ausgedehntes Neubaugebiet, das die kleine Stadt Amöneburg auf fünftausend Einwohner hatte wachsen lassen.

Joanna wurde in eine wohlhabende Familie geboren. Ihr Vater hatte in den achtziger Jahren viel Geld mit seiner Softwarefirma verdient, die er mit einem amerikanischen Partner aufgebaut hatte. Als Joanna auf die Welt kam, war er mehr in Nordamerika unterwegs als zuhause in Hessen. Er merkte erst, dass er eine Tochter hatte, nachdem er seine Tätigkeit aufgegeben hatte. Da war Joanna schon zehn Jahre alt und gerade ins Gymnasium gekommen. Trotz ihrer Intelligenz waren ihre Zeugnisse mittelmäßig, da sie Probleme hatte, sich in der Schule zu konzentrieren. Während des Unterrichts kritzelte sie meistens gedankenverloren auf einem Blatt Papier herum. Ihrer Mutter waren diese Zeichnungen aufgefallen, weil sie eigenartige Hinweise enthielten. Sie begann damit, die Blätter mit Datum und Kommentaren zu versehen und in einem Ordner aufzubewahren. Joanna malte im Unterbewusstsein Dinge, von denen sie entweder nichts wissen konnte oder die noch gar nicht eingetreten waren. So absurd es klang, sie musste eine Verbindung mit der Zukunft haben. Das wurde ihrer Mutter immer klarer, nachdem sie die versteckten Hinweise besser deuten konnte. Unglaublich war eine Kritzelei Joannas, die ein großes schwarzes Kreuz zeigte, unter dem der Name ihres Opas stand. Eine Woche später kam der Vater ihrer Mutter bei einem Autounfall ums Leben. Ein anderes Mal zeichnete sie eine Stadt mit lauter eingestürzten Häusern und blutenden Menschen, denen die Gliedmaßen abgerissen worden waren. Von der Mitte des Bildes gingen die Strahlen einer Explosion nach allen Seiten. Nur einen Tag später kamen bei einem terroristischen Anschlag im Nahen Osten viele Menschen ums Leben.

Der Vater Joannas glaubte nicht an parapsychologische Begabungen seiner Tochter. Er hielt diese Vorhersagen für Zufälle. Für ihn als Naturwissenschaftler war nur das beweisbar, was reproduzierbar war.

Joanna äußerte sich nie zu ihren Bildern. Sie war auch nicht bereit, auf Wunsch ihrer Eltern oder eines Psychologen etwas zu malen, wurde dann sogar bockig und verweigerte sich. Es gab in ihren Kritzeleien ein immer wiederkehrendes Symbol: Eine Person mit einer schwarzen Kapuzenjacke.

Die besonderen Fähigkeiten aus ihrer Kindheit hatte Joanna schon lange verloren. Sie kritzelte auch keine Blätter mehr voll. Heute war ihr dreißigster Geburtstag, den sie ganz allein beging. Ihre Eltern würden sie erst am Wochenende besuchen. Sie waren immer ein wenig besorgt, dass ihre Tochter ihr Berufsziel aus den Augen verlieren könne. Joanna hatte noch keine abgeschlossene Ausbildung. Das Studium der Psychologie hatte sie vor zwei Jahren, kurz vor dem Abschluss, aufgegeben, um ein Lehrerstudium zu beginnen.

Ihre Eltern überwiesen jeden Monat mehr Geld, als sie zum Leben brauchte. Das kleine Fachwerkhaus, das sie bewohnte, hatten sie gekauft und ihr später überschrieben. Joanna hatte in ihren drei Lebensjahrzehnten nie eine andere Erfahrung gemacht, als von ihren Eltern gut versorgt zu werden. Trotzdem litt sie im Moment unter ständiger Angst, Angst um ihren langjährigen Freund Matthias.

Matthias hatte sein Studium der Geologie an der Marburger Universität abgeschlossen und bei seinem Professor eine Doktorarbeit begonnen. Vor einem Jahr, kurz bevor er die Arbeit einreichen wollte, verschwand er plötzlich. Obwohl ihn seine Eltern bei der Polizei sofort als vermisst gemeldet hatten, gab es bisher noch keinerlei Hinweise, wo er sich aufhielt und ob er überhaupt noch lebte. Joanna hatte aber einen Verdacht. Matthias und sie waren jahrelang einem gemeinsamen Hobby nachgegangen, das beide faszinierte, dem Sammeln von Mineralien. Er konnte in der Universität auf eine umfangreiche Bibliothek zugreifen, in der weltweite Fundstellen vermerkt waren. Allein in Deutschland gab es unzählige Aufschlüsse, die kaum jemand kannte und an denen vor Jahrhunderten wertvolle Rohstoffe abgebaut worden waren.

Einige interessante Orte hatten sich Matthias und Joanna bereits vorgenommen. Sie waren kreuz und quer durch Deutschland und seine Nachbarländer gereist, um seltene und wertvolle Mineralienstufen zu finden. Es war ein schönes Hobby, das mit viel Bewegung verbunden war, da sie manchmal stundenlang wandern mussten, bevor sie eine Fundstelle erreicht hatten. Am Granatkogel in Österreich brauchten sie in hochalpinem Gebiet acht Stunden, bis sie nach einem anstrengenden Marsch mit Klettereinlagen die begehrten Granate auflesen konnten. Sie übernachteten in einem Zelt an der Flanke des Berges, um am nächsten Tag die schwere steinerne Last zurückzuschleppen.

Trotz ihrer Erfolge als Mineraliensammler war Matthias unzufrieden.

»Wenn man den Wert unserer Fundstücke durch die aufgewendete Zeit teilt, kommt ein geringerer Stundenlohn heraus, als ihn meine jüngere Cousine hat, wenn sie Zeitungen austrägt«, versuchte er manchmal, ihr gemeinsames Hobby abzuwerten.

»Ich verstehe dich nicht, wie kann man nur so materialistisch sein, es macht uns doch viel Spaß, oder nicht?«, wendete Joanna ein.

»Es würde noch viel mehr Spaß machen, wenn wir Gold oder Diamanten fänden«, pflegte er dann immer zu sagen.

Matthias kam aus armen Verhältnissen. Seine Familie hätte sein Studium nicht bezahlen können. Dadurch war er immer auf Jobs angewiesen, um seinen Lebensunterhalt zu bestreiten. Im Gegensatz zu Joanna musste er sparsam Haus halten. Seit er jedoch mietfrei in ihrem Fachwerkhaus wohnte, hatte sich seine finanzielle Situation entspannt, obwohl es ihm unangenehm war, von seiner Freundin unterstützt zu werden. Da er die ganze Härte der Armut seiner Familie hatte spüren müssen, solidarisierte er sich mit den Unterdrückten dieser Welt. Er sympathisierte sogar mit Terrorgruppen und versuchte, deren Anschläge zu rechtfertigen. Eine klare politische Linie fehlte ihm jedoch. Seine Einstellung war vor allem emotional geprägt.

Joanna ahnte, warum er verschwunden war. Er war auf der Suche nach einem ganz großen Fund. Es gab viele Möglichkeiten, wohin er gegangen sein konnte. Die ganze Welt kam dafür in Frage. Er konnte nach Smaragden in Minas Gerais in Brasilien schürfen, schwarze Opale in Coober Pedy in Australien in zehn Meter tiefen Höhlen abbauen oder eine primäre Goldfundstelle, die »Mother Lode«, in den Rocky Mountains aufschließen. Man musste ihm sogar zutrauen, den Wüstensand im südlichen Afrika inmitten eines

Rebellengebiets nach Diamanten zu durchsieben. Warum aber hatte er Joanna nicht in seine Pläne eingebunden. Vertraute er ihr nicht? War sein Projekt vielleicht so gefährlich, dass er keine Mitwisser haben durfte?

Sie fand keine Antwort auf diese Fragen, hoffte aber, dass es ihm gut ging und er nicht Opfer eines Verbrechens geworden war.

Joanna stand auf und stellte fest, dass es schon zwölf Uhr war. Sie hatte jeden Tag dasselbe Problem. Wenn sie aufwachte, war es meistens noch zu früh zum Aufstehen. Sie blieb dann im Bett liegen und hing ihren Gedanken nach. Irgendwann schlief sie wieder ein und wurde erst um die Mittagszeit erneut wach. Ihr Arzt hatte sie dazu überreden wollen, ihre Schlafstörungen in einem Schlaflabor in Marburg behandeln zu lassen. Das wollte sie aber auf keinen Fall. Die Vorstellung, dass sie jemand beim Schlafen beobachtete, war ihr unangenehm.

Sie ging in die Küche und öffnete das nach Süden gerichtete Fenster des kleinen Raums. Sofort floss warme Luft in ihre Wohnung. Es war der erste sonnige Tag im September, nachdem es zwei Wochen nur geregnet hatte. Der Blick durch ihr Südfenster war großartig. Sie überblickte eine weite Senke, die sich zu den bewaldeten Bergrücken hinzog, die bis auf vierhundert Meter anstiegen. Am Fuß der Erhebungen befanden sich kleine Dörfer, aber nur eines davon interessierte sie besonders. Es war für sie ein Orientierungspunkt. Wenn sie einen Finger breit links von diesem Dorf den dahinter liegenden Berg anpeilte, wusste sie, dass es der Goldberg war.

»Nomen est Omen«, hatte Matthias immer gesagt.

Jedem Laien war sofort klar, dass dieser Berg etwas zu tun haben musste mit einem glänzenden, gelben und schweren Metall – Gold! Matthias hatte damit begonnen, Nachforschungen über die Entstehung des Namens anzustellen, er hatte sogar die Veröffentlichungen von Heimatforschern gelesen, um Gründe für die Herkunft des Namens zu finden. Dabei stieß er auf einen sensationellen Hinweis. Im Jahr 1880 war am Goldberg ein keltischer Goldschatz gefunden worden. Es waren über hundert Münzen, die aus der Zeit um einhundert vor Christus stammten. War das aber auch ein Hinweis darauf, dass am Goldberg Gold abgebaut worden war? Matthias verbiss sich regelrecht in das Thema. Er lieh aus der Universitätsbibliothek ein Buch nach dem anderen und las im Bett bis spät in die Nacht. Joanna, die bewegungslos wie eine Mumie neben ihm lag und wegen der brennenden Nachttischlampe nicht einschlafen konnte, nahm er überhaupt nicht mehr wahr.

Gemeinsam wanderten sie immer wieder durch das Gelände am Goldberg, das von einem Wald mit dichtem Unterholz bedeckt war. Dabei folgte Matthias nicht den Wegen, sondern marschierte mit einer topografischen Karte und einem Kompass querfeldein. Mehr als einmal mussten sie durch Schonungen brechen, über tiefe Gräben springen und matschige Wildschweinsuhlen umgehen. Am Abend suchten sie sich beim Duschen nach Zecken ab. Einmal hatte Matthias es geschafft, mit elf Zecken nach Hause zu kommen, die sich an seinen Beinen festgebissen hatten.

»Wir brauchen einen Metalldetektor«, redete er immer wieder auf Joanna ein, in der Hoffnung, dass sie ihre Eltern bitten würde, ihnen ein solches Gerät zu Weihnachten zu schenken.

»Willst du auf Schatzsuche gehen oder Mineralien finden?«, antwortete Joanna gereizt, »letztere wirst du mit einem Metallsuchgerät nicht finden.«

Sie liebte ihr gemeinsames Hobby, bei ihrem Freund hatte es jedoch Ausmaße angenommen, die zunehmend ihre Beziehung beeinträchtigten. Er hatte nur noch den sensationellen Fund im Sinn, der ihn reich machen sollte.

Je länger er über den Goldberg forschte, umso klarer wurde ihm, dass dort tatsächlich einmal Gold abgebaut worden war. Man hatte Reste alter Lehmhütten und den Amboss einer Schmiede gefunden. Nicht weit von der Fundstelle der Münzen entfernt lagen große Steine um die Wälle einer alten Befestigungsanlage verstreut, Überbleibsel einer keltischen Burg, die in der topografischen Karte als »Hunnenburg« eingezeichnet war. Matthias lernte, dass die keltischen Münzen noch keine universelle Zahlungsfunktion gehabt hatten, sondern nur im jeweiligen Stammesgebiet galten. Es war durchaus möglich, dass am Goldberg das Erz abgebaut und gleich vor Ort weiterverarbeitet wurde bis hin zur Prägung der Münzen. Das war auch zu Zeiten der Kelten die bestmögliche Logistik.

Joanna war um zwei Uhr mit ihrer Freundin Helene zum Essen verabredet, die mit ihr im selben Semester studierte und im Moment Eheprobleme hatte. Ihr Mann Armin legte in der Eisengießerei, in der er arbeitete, Sonderschichten ein, damit sie ihr Haus abbezahlen konnten, das im Neubaugebiet stand. Das Geld reichte gerade so für den Lebensunterhalt, alle »Extras« stürzten die junge Familie in Probleme. Einer dieser besonderen Wünsche Helenes war, dass sie ein eigenes Fahrzeug haben wollte, um von ihrem Mann, der täglich mit dem gemeinsamen Auto zur Arbeit fuhr, unabhängiger zu werden. Außerdem würde es ihr ersparen, die fünfzehn Kilometer lange Strecke zur Universität mit dem Bus zurücklegen zu müssen.

»Für was brauchst du ein Auto!?«, schrie Armin Helene an, »du bist in fünf Minuten zu Fuß im Supermarkt oder einer Kneipe und nach Marburg nimmt dich doch meistens Joanna mit.«

»Du könntest auch mit einer Fahrgemeinschaft zur Arbeit fahren, du kümmerst dich nur nicht darum«, schrie Helene zurück.

Der Weg zur Gaststätte am Fluss war für Helene wirklich kurz und dauerte zu Fuß nur drei Minuten. Joanna kam mit dem Auto zum Treffen. Sie scheute den mühsamen Rückweg auf die über hundert Meter höher gelegene Kuppe des Berges, auf der sie wohnte. Selbst wenn man körperlich fit war, brauchte man eine halbe Stunde für den Aufstieg.

Die beiden Freundinnen kamen etwa zeitgleich bei der Gaststätte an, die in einer alten Mühle untergebracht war. Die beiden Arme, in die sich der Fluss einige Kilometer flussaufwärts teilte, umflossen hier das Mühlengehöft und schlossen sich hinter ihm wieder zusammen. Während der eine Arm das Mühlrad antrieb, ging über den anderen eine schmale Brücke, die direkt in den gepflasterten Hof führte, wo hölzerne Tische und Stühle standen, die an diesem Tag gut besetzt waren. Joanna und Helene fanden noch einen freien Platz und lehnten sich entspannt zurück.

»Was für ein schöner Ort«, fing Joanna zu schwärmen an.

»Das stimmt, er ist windgeschützt und gleichzeitig besonnt, normalerweise könnte man um diese Jahreszeit nicht mehr im Freien sitzen.«

Die Freundinnen hatten es erkannt. Schon um die Mittagszeit erreichten die Sonnenstrahlen den Hof, um ihn bis in die Abendstunden aufzuwärmen. Sogar im Oktober gab es Tage, an denen man im Freien sitzen konnte. Die historische Mühle, die schon im 13. Jahrhundert ihre Arbeit verrichtete, war sicher nicht als Kneipe mit gut besonntem Biergarten geplant worden. Sie war aber gut dafür geeignet. Im Inneren des Fachwerkgebäudes befand sich ein Gastraum mit sichtbaren Fachwerkbalken, der sich den Platz mit einem technischen Denkmal teilen musste, der alten Pumpstation aus der Zeit der Jahrhundertwende. Alles erinnerte hier an vergangene Zeiten, an die Romantik einer Epoche, die längst untergegangen war. Draußen begrenzte eine alte, halbhohe Sandsteinmauer den Hof gegen den Fluss. Hier standen in großen Töpfen blühende Oleander und andere Ziersträucher.

»Sieh nur, ein Kolibri!«, rief Helene, aber Joanna wusste es besser.

»Darauf bin ich auch schon hereingefallen«, lachte sie, »das ist ein Taubenschwänzchen, ein Schmetterling aus der Familie der Schwärmer, er steht wie ein Kolibri in der Luft und saugt mit seinem langen Rüssel den Nektar der Blüten. Diese Tiere wandern durch die zunehmende Erwärmung der Erde immer mehr nach Norden.«

»Ich dachte, du kennst dich nur mit Mineralien aus«, gab Helene das Stichwort für die weitere Unterhaltung.

»Noch kein Lebenszeichen von Matthias?«

Joanna schüttelte den Kopf. Mit jedem Tag, an dem sie nichts von im hörte, schwand die Hoffnung, ihn jemals wiederzusehen.

»Es gibt eigentlich nur zwei Möglichkeiten, entweder er nimmt absichtlich keinen Kontakt mit mir auf oder er ist dazu nicht mehr in der Lage. Beide Fälle sind schrecklich für mich.«

»Habt ihr euch vielleicht gestritten?«

»Das haben wir, aber es ist doch kein Grund, einfach abzuhauen.«

Es gab noch eine sehr gruselige Möglichkeit für sein Verschwinden, die Joanna in ihrem Innersten weit von sich wies, obwohl sie ihr wie ein Schreckgespenst immer wieder vor Augen kam. Am Tag vor Matthias' Verschwinden war von Pilzsammlern am Goldberg die Leiche einer älteren Frau gefunden worden, die dort nur wenige Tage unentdeckt gelegen hatte. Als Todesursache wurde einige Tage später von der Polizei ein Hieb mit einem rechteckigen, spitzen und keilförmig zulaufenden Gegenstand angegeben, eventuell ein

Meißel, wie die Gerichtsmedizin glaubte. Joanna zog ihre eigenen Schlüsse: Das Tatwerkzeug war mit Sicherheit ein Geologenhammer, der zur Grundausstattung aller gehörte, die nach Mineralien suchten. Auch Matthias hatte dieses Gerät immer dabei gehabt. Ihn aber deswegen mit dem Mord in Verbindung zu bringen, erschien ihr absurd. Ein leiser Zweifel blieb.

»Denkst du wieder an Matthias, hast du überhaupt zugehört, was ich dir gerade gesagt habe?« Helene rüttelte an Joannas Arm.

»Du solltest dich nicht mehr damit belasten. Lass uns die Gedanken daran mit einem Glas Wein verscheuchen. Erinner dich lieber an unseren Aufenthalt in Elba vor zwei Jahren, das war doch der schönste Urlaub, den wir bis jetzt zusammen gemacht haben.«

2.

Für Matthias und Joanna war Urlaub auch immer gleichbedeutend damit, nach Mineralien zu suchen. Ihren Freunden, Armin und Helene, hatten sie natürlich die Strände der italienischen Insel Elba angepriesen, die wunderschöne mediterrane Landschaft mit einem tausend Meter hohen Berg in der Mitte, dem Monte Capanne. Wo sie wirklich hin wollten, waren die alten Steinbrüche und Halden, auf denen immer noch die schönsten Stufen zu finden waren. Matthias' Traum war es, eine goldglänzende Pyritstufe zu bergen, mit Kristallen, die über einen Zentimeter lang waren. Sein Ziel hieß »Rio Marina«, eine Stadt im Nordosten. Dort war noch bis Anfang der achtziger Jahre Eisenerz abgebaut worden. Zur selben Zeit, als auf dem Basaltkegel zuhause die Kelten gelebt hatten, die schon einen modernen Stahl schmieden konnten, wurde auch von den Etruskern in Rio Marina Eisenerz abgebaut.

In Elba angekommen, steuerte Matthias zielstrebig einen Campingplatz an, den er schon vorher in einem Führer gefunden hatte und von dem man die Fundstellen schnell erreichen konnte. Leider lag dieser Platz auf einer Anhöhe, von der ein langer und beschwerlicher Fußweg zum Meer führte. Dadurch hatte er aber den Vorteil, preiswerter als die Plätze direkt am Meer zu sein. In diesem Punkt waren sich Matthias und Armin einig, beide wollten so wenig Geld wie möglich ausgeben. Jeden Abend wurde auf einem Gaskocher gekocht, was nicht viel mehr war, als den Inhalt einer der Dosen zu erwärmen, die sie von zuhause mitgebracht hatten. Abwechselnd gab es Ravioli und einen Gemüse-Rindfleisch-Eintopf.

Als dieses Essen schließlich allen zuwider wurde, gönnten sie sich ein Abendessen in einer kleinen Trattoria. Prompt gab es Streit, als Joanna die Rechnung bezahlen wollte. Vor allem Matthias fühlte sich gekränkt, vor seinen Freunden als Habenichts vorgeführt zu werden. Armin dachte in diesem Punkt praktischer: Wer immer für ihn bezahlte, sparte ihm Geld.

Dann kam der erste Einsatz in Rio Marina, der zunächst zu einer Enttäuschung wurde. Das Gelände des ehemaligen Erzabbaus war abgesperrt. Überall standen Schilder, dass das Betreten der Mine verboten sei. Matthias fand aber doch einen Zugang und zwar von oben über den Berg. Es ging entlang eines schlechten Feldwegs mit tiefen Schlaglöchern, über den das Auto bis zu einer Schranke mit Verbotsschild rumpelte, wo alle ausstiegen und zu Fuß weitergingen. Von hier hatte man einen weiten Blick übers Meer und die Erhebungen der Insel, die größtenteils von Macchia bewachsen waren. In Rio Marina war die Landschaft durch die Erzgewinnung völlig zerstört und großflächig aufgegraben. In der Ferne konnte man im Dunst das italienische Festland sehen.

Bald kamen die vier in einen Bereich, in dem links und rechts des Wegs die rote Erde aufgerissen war. Hier steckten tatsächlich funkelnde Klumpen im Berg. Alle packte das Sammelfieber und mit den Geologenhämmern und einer Schaufel legten sie Stufe für Stufe frei. Es waren keine Spitzenstücke, aber die Kristalle waren schön gewachsen, wenn auch ziemlich klein. Die vier waren so versunken in ihre Arbeit, dass sie die beiden Männer nicht bemerkten, die den Weg herauf kamen. Jeder hatte ein Gewehr aus der Hüfte heraus angelegt, dessen Mündung nur leicht nach unten gerichtet war. Obwohl sie Italienisch sprachen, war unmissverständlich klar, dass die vier Sammler ihre Mineralien zurücklassen und den Steinbruch sofort verlassen mussten. Auf dem Nachhauseweg fluchte Matthias ununterbrochen.

»Die Stufen hol ich mir noch, ich schwörs!«, schrie er.

»Die werden dich noch erschießen, wenn du das machst«, gab Armin zu bedenken.

Die Diskussion ging am Campingplatz weiter. Matthias war fest entschlossen, in der Dämmerung noch einmal nach Rio Marina zu fahren, um die Stufen zu bergen. Zu aller Überraschung erklärte sich Helene bereit, ihm zu helfen. Als die beiden weg waren, saßen ihre zurückgebliebenen Partner schweigend an einem kleinen Lagerfeuer. Je länger es dauerte, umso mehr machte sich Panik breit, die beiden könnten nicht mehr zurückkommen.

»Es wird hoffentlich nichts passiert sein«, sagte Armin schließlich nach eineinhalb Stunden.

»Zum Glück wären wir dann immer noch zu zweit«, grinste Joanna, obwohl die Angst ihren Magen aufzufressen schien.

Kaum hatte sie das gesagt, als Matthias' Auto auf den Campingplatz rollte. Triumphierend stiegen er und Helene aus.

»Wir haben sie, wir haben sie!«

»Es war so aufregend«, rief Helene, »was für ein Abenteuer!«

Am nächsten Tag gingen alle daran, die Stufen zu waschen und auf eine handliche Größe zu bringen. Es war durchaus nicht wertlos, was sie gefunden hatten. In einem Mineralienladen würde man dafür über hundert Euro zahlen.

Die Nachbarn auf dem Zeltplatz waren ebenfalls von der glitzernden Pracht begeistert und wollten wissen, wo sie das gefunden hätten. Sie bekamen von Matthias eine höchst ungenaue Ortsangabe:

»In der Gegend von Rio Marina.«

Die Aktion hatte eine eigenartige Verschiebung der Orientierung der beiden Paare zur Folge. Plötzlich wollten Matthias und Helene nur noch auf Mineraliensuche gehen, während Armin und Joanna lieber im Meer badeten. Letztere war zwar selbst eine begeisterte Mineraliensammlerin, sie störte jedoch der Eifer, den Helene an den Tag legte. Sie war ein wenig eifersüchtig und wollte jetzt so erscheinen, als ob sie das alles überhaupt nicht interessiere. Während bisher vor allem die Männer ihre eigenen Gesprächsthemen gehabt hatten und die Frauen unter sich geblieben waren, was sich schon dadurch zeigte, dass sie im Auto auf der Rückbank nebeneinander saßen, veränderte sich das jetzt.

Armin tauchte von nun an jeden Tag mit Joanna nach Muscheln. In fünf Metern Tiefe entdeckten sie eine große Steckmuschel, die ein noch größerer Krake zu knacken versuchte. Die täglichen Tauchabenteuer wurden zu einem Dauergesprächsthema zwischen ihnen.

Das Ende von Helenes Sammelleidenschaft kam schnell. Als sie mit Matthias einige Tage später große Gesteinsbrocken in einem alten Gipsabbau herumdrehte, schoss plötzlich eine giftige Aspisviper hervor. Helene stieß einen gellenden Schrei aus und flüchtete in wilder Panik. Es war das letzte Mal, dass sie mit in einen Steinbruch ging.

Trotzdem – es gefiel ihnen so gut in Elba, dass sie zwei Wochen auf dem Campingplatz blieben. Nur Armin schien manchmal nicht so richtig zu den anderen zu passen. Komplizierte Gedankengänge waren ihm fremd. Wenn abends am Lagerfeuer akademische Themen hochkamen, bei denen er nicht mitreden konnte, zog er sich beleidigt ins Zelt zurück. Die anderen registrierten das und vermieden fortan Gespräche über die Fachgebiete, die sie studierten. Joanna wurde während des Urlaubs zum ersten Mal klar, was die intellektuelle Helene an ihrem Ehemann schätzte. Er war ein schöner Mann der markigen Sprüche, der gern mit seinem durchtrainierten und muskelbepackten Körper prahlte. Neben ihm wirkte Matthias wie ein Hänfling, der wie viele aus der Gegend um den Basaltkegel stammende Einheimische von Natur aus rothaarig war und auch in der südlichen Sonne kaum braun wurde.

Die beiden Frauen saßen immer noch im Mühlenrestaurant und hatten bereits ihr zweites Glas Wein vor sich stehen. Der Wind ebbte völlig ab und unter der steten Sonneneinstrahlung staute sich die Hitze im Innenhof. Ein angenehmes, wohliges Gefühl ergriff die Gäste. Mit einem geeigneten alkoholischen Getränk konnte man jetzt mit schweren Gliedern selig vor sich hindämmern.

»Elba war wirklich toll«, seufzte Helene, »wir sollten wieder dort hin fahren.«

»Wer denn alles?«, fragte Joanna, »Matthias ist nicht mehr da und das dritte Rad am Wagen möchte ich auch nicht sein.«

»Dann fahren halt nur wir zwei, Armin hat sowieso keine Lust auf Urlaub, er sieht immer nur die Kosten.«

»Wenn er dir das Geld nicht gibt, dann lade ich dich ein«, lächelte Joanna, worauf die beiden Frauen einschlugen.

Joanna war entschlossen, weiter nachzuforschen, wo Matthias geblieben war. Instinktiv ahnte sie, dass der Goldberg zur Lösung des Rätsels beitragen konnte. Als sie an diesem Abend zur Bäckerei ging, hatte sie das Gefühl, verfolgt zu werden. Über eine abzweigende Gasse sah sie einen Mann mit einer Kapuzenjacke auf der parallel verlaufenden Straße vorbeihuschen. Die Kapuze war unnatürlich groß und hüllte sein Gesicht in einen tiefen Schatten. Auf dem Rückweg lief dieser Mann sogar kurz vor ihr her, um dann plötzlich abzubiegen. Bis sie die Stelle erreicht hatte, war er verschwunden. Zuhause verriegelte sie die Tür und schloss alle Läden. Ihre Angst um Matthias hatte sich längst verselbstständigt und zu einer Psychose ausgewachsen, einer Art Verfolgungswahn. Sie konnte vor lauter Angst nicht mehr einschlafen. Ihre Gedanken drehten sich wild im Kreis, ohne dass sie sich daran erinnerte, dass ihre kindlichen Kritzeleien immer einen Kapuzenmann enthalten hatten.

Die Polizei interessierte sich schon längst nicht mehr für ihren verschwundenen Freund, da es keine Anzeichen dafür gab, dass er Opfer eines Verbrechens geworden oder in eins verwickelt gewesen war. Zufällig traf Joanna am nächsten Tag einen ehemaligen Schulkameraden, Alfons Schnuff, der das Abitur im ersten Anlauf nicht geschafft und danach die Schule verlassen hatte, weil er bei einer Detektei durch Beschattung untreuer Ehepartner viel Geld verdienen konnte. Inzwischen hatte er sich als Detektiv selbstständig gemacht, wie er Joanna auf der Straße erzählte. Joanna heuerte ihn spontan an und beauftragte ihn, Matthias zu finden. Zuerst solle er das Gebiet am Goldberg nach Spuren absuchen und außerdem herausfinden, wer der Kapuzenmann war, der wie eine Erscheinung durch die Gassen der kleinen Stadt huschte.

Um herauszubekommen, womit Matthias sich zuletzt beschäftigt hatte, gab es noch einen wichtigen Ansprechpartner, seinen Doktorvater, Professor Lavatzki. Joanna rief ihn an und vereinbarte einen Termin. Sie kannte den Professor von Institutsfesten. Er war ein gut aussehender, älterer Mann, der kurz vor seiner Emeritierung stand. Sie traf sich mit ihm nicht in der Universität, sondern in einem kleinen Café in der Oberstadt. Der Mann war ein Charmeur, der es genoss, mit einer um vierzig Jahre jüngeren Frau Kaffee zu trinken. Viel Neues konnte er zu dem Fall nicht beitragen.

»Matthias Schmidt hat zuletzt an mathematischen Modellen von Kristallstrukturen geforscht, das ist reine Theorie, mit irgendwelchen Fundstellen hat das nichts zu tun, das war wohl seine Freizeitbeschäftigung.«

»Wäre es denn vorstellbar, in unserer Gegend Gold zu finden?«, fragte Joanna.

»Natürlich, es gab früher zahlreiche Goldminen in Deutschland, die sich irgendwann nicht mehr lohnten und in Vergessenheit gerieten. Sogar im Rhein wurde Gold gewaschen. Wenn der Goldpreis weiter steigt, wird man sich vielleicht an den ein oder anderen Fundort erinnern und alte Minen wieder in Betrieb nehmen.«

»Nur etwa fünfzehn Kilometer von hier gibt es eine kleine Erhebung, die Goldberg heißt. Matthias war überzeugt davon, dass es dort Gold gibt. Wie könnte man herausfinden, ob seine Annahme stimmt?«, ließ Joanna nicht locker.

»Das ist ganz einfach, junge Frau, man müsste in den vom Berg herabfließenden Bächen nach Goldflitterchen suchen. Dazu braucht man nur eine spezielle Pfanne.« Er schien angestrengt zu überlegen, bevor er weiter sprach:

»Ich würde mit ihnen zusammen das Gelände begehen und testen, welche Metalle der Sand und Schlamm der Bäche enthält. Sollte etwas zu finden sein, muss es auch primäre Fundstellen geben, zum Beispiel goldhaltiges Gestein. Dieses Muttergestein zu finden, dürfte aber schwierig werden.«

Es war eine komische Vorstellung für Joanna, mit dem Professor durch den Wald zu streifen, es interessierte sie aber zweifach. Sie konnte Hinweise auf den Verbleib von Matthias finden und außerdem hatte auch sie das Goldfieber gepackt.

Sie vereinbarten, die Begehung erst im November durchzuführen, wenn die Laubmassen und ein großer Teil des niederen Bewuchses am Waldboden vermodert waren.

Bevor sie ihn traf, wollte sie noch einmal allein das Gebiet durchstreifen, in dem sie mit Matthias so oft unterwegs gewesen war. Ihre letzte Begehung war schon über ein Jahr her und sie erschauerte, als sie den Wald betrat. Hier standen wenige ausgewachsene Buchen und Fichten, dagegen auf engstem Raum viele mittlere und kleine Bäume, wobei die kleinsten kaum aus dem dichten Unterholz hervorspitzten. Die herabgefallenen Äste und umgestürzten Stämme wurden schon lange nicht mehr abgefahren. Manche der alten Wirtschaftswege waren völlig überwuchert und nicht mehr befahrbar. Der gesamte Untergrund verstärkte den Eindruck eines Urwalds. Krautartige Pflanzen, kleine Sträucher und Brennnesselfelder waren zwischen natürlichen Sperren aus altem Holz großflächig zu nahezu unüberwindbaren Hindernissen zusammengewachsen. Joanna verließ den Weg an einer Stelle, an der ihr Matthias immer erklärt hatte, dass der dort befindliche Wall mit Sicherheit nicht natürlichen Ursprungs sei. Dahinter ging es steil nach unten bis zu einem kleinen Bach. Diese Stelle wäre im Falle einer kriegerischen Auseinandersetzung durch den steilen

Hang gut zu verteidigen gewesen. Es war nachvollziehbar, dass die Kelten genau hier gesiedelt hatten.

In diesem Moment fiel Joanna die Frau ein, die hier ermordet worden war. Sofort packte sie panische Angst. Sie hatte gar nicht bemerkt, wie tief sie schon in den Wald hineingelaufen war. Dann hörte sie ein deutliches Knacken, das sich wiederholte. Das konnten Rehe sein, die ihre Witterung aufgenommen hatten und flohen. Hier gab es auch Wildschweine, wie sie an einer Suhle mit frischen Spuren erkennen konnte. Der Grund für das Knacken war jedoch ein anderer. Joanna riss ihren Kopf herum und sah in einiger Entfernung den Kapuzenmann quer durch den Wald gehen. Er hatte sie offensichtlich noch nicht bemerkt, da sie vom Stamm einer Buche verdeckt wurde. Noch fester drückte sie sich jetzt an den Baum, wo sie bewegungslos verharrte und der schemenhaften Figur hinterher lugte, wie sie mehr schwebend als gehend im Wald verschwand.

Als sie endlich wieder zuhause war, ging bereits die Sonne unter. Sie schwor sich, nie mehr allein am Goldberg zu wandern. In diesem Moment rief Helene an. Noch bevor sie den ersten Satz gesagt hatte, konnte Joanna bereits hören, dass ihre Freundin weinte und schluchzte. Sie hatte einen fürchterlichen Streit mit Armin gehabt. Wie immer ging es um Geld. Er verlangte von ihr, das Lehrerstudium abzubrechen und einen Job anzunehmen, um etwas dazuzuverdienen.

»Ich halt es hier nicht mehr aus!«, jammerte Helene, »wenn ich nur einmal ein paar Tage woanders hin könnte, um Abstand zu gewinnen.«

»Das ist kein Problem, komm ein paar Tage zu mir, du kannst in Matthias' Zimmer wohnen.«

Aus den Tagen wurden Wochen und Monate. Helene kehrte nicht mehr zu Armin zurück. Das Semester hatte begonnen und die beiden Frauen besuchten jetzt fast täglich Vorlesungen in der Universität. Joanna, die sich seit dem Elba Urlaub sehr gut mit Armin verstand, besuchte ihn zuhause und bemühte sich, ihm die Situation zu erklären: »Ihr müsst einfach etwas Abstand gewinnen, das wird sich schon wieder einrenken.«

Davon war sie jedoch nicht überzeugt. Die Gegensätze zwischen den beiden waren unüberwindlich geworden. Sie handelte einen Betrag mit Armin aus, den er Helene monatlich überweisen sollte. Zu ihrer Überraschung ging das einfacher, als sie gedacht hatte. Offensichtlich war es überschaubarer für ihn, einen Festbetrag zu bezahlen, als ständig von neuen Ideen Helenes überrascht zu werden, die viel Geld kosteten.

Das Zusammenleben der beiden Frauen klappte gut. Ihre Harmonie lag gerade in ihrer Verschiedenartigkeit aber auch am gegenseitigen Respekt. Das Thema »Goldberg« spielte zunächst keine Rolle mehr, bis es plötzlich wieder brutal vor ihre Augen trat. Ein junger Mann, der nach Aussagen seines Freundes mit einem Metallsuchgerät den Berg abgesucht hatte, war verschwunden. Sein Freund gab noch zu Protokoll, dass er ihn noch bis zur ersten Kuppe begleitet habe und dann bei einbrechender Dunkelheit umgekehrt sei. Sein Freund sei aber so besessen gewesen, dass er unbedingt noch weiter habe suchen wollen. Die Polizei kämmte daraufhin das ganze Gelände mit Hunden ab, ohne den geringsten Hinweis auf seinen Verbleib zu finden. Als Joanna davon hörte, fuhr sie spontan zum nächsten Polizeirevier, um auszusagen, dass sich ein »Kapuzenmann« in der Gegend herumtrieb. Niemand sonst hatte diesen Mann jedoch gesehen, sodass die Polizei Joannas Beobachtungen nicht ernst nahm.

Durch die beiden Vorfälle in einer relativ kurzen Zeitspanne machte sich in der zum Goldberg nächstgelegenen Ortschaft »Mardorf« Unruhe breit. Viele waren der Ansicht, dass der junge Mann ebenfalls ermordet worden sei und dass der Mörder aus ihrem Ort stammen müsse. Der Goldberg wurde jetzt von Wanderern und spazierenden Hundebesitzern noch mehr gemieden.

Joanna hatte völlig vergessen, dass sie ihren Schulkameraden Alfons Schnuff angeheuert hatte, nach Matthias zu suchen. Zwei Wochen hatte sie nichts von ihm gehört und war davon ausgegangen, dass er überhaupt nicht tätig geworden war, bis er plötzlich vor ihrer Tür stand. Joanna bat ihn herein und er erzählte, dass er mehrere falsche Spuren verfolgt habe, da »Matthias Schmidt« ein extrem häufiger Name sei. Irgendwie habe er aber das Gefühl, dass ihr Freund noch lebe. Erst im letzten Monat sei eine Person dieses Namens bei der Notaufnahme des Marburger Klinikums erschienen und danach stationär eingewiesen worden. Nach drei Tagen sei der Krankenhausaufenthalt aber schon wieder beendet gewesen. Dummerweise habe er zu spät davon erfahren.

Joanna glaubte nicht, dass es sich hierbei um ihren Freund handelte. Trotzdem gab sie Alfons den Auftrag, weiter nachzuforschen und wiederholte ihre Bitte, den Goldberg besonders gründlich abzusuchen.

Es wurde November und der Wald wurde lichter. Die Bäume hatten ihre Laubmassen abgeworfen, die Hecken waren durchsichtig geworden und die krautartigen Pflanzen völlig verschwunden. Ihre verfaulten Reste wurden von den herabfallenden Blättern zugedeckt. Der Wald war jetzt wesentlich übersichtlicher.

Joanna und Helene saßen oft am Kachelofen, tranken Tee und sprachen über den geheimnisvollen Berg. Seit Matthias in Elba Helenes Interesse an Mineralien geweckt hatte, interessierte sie sich auch für die Vorkommen der heimischen Aufschlüsse. Die deutschen Fundstellen hatten zudem in ihren Augen den Vorteil, dass keine Aspisviper unter einem Stein hervorschnellen konnte.

Joanna wusste noch von den gemeinsamen Nachforschungen mit Matthias, dass es in Mardorf eine über hundert Jahre alte Frau gab, die noch bei gutem Verstand war und behauptete, dass die Großmutter ihrer Großmutter ihrer Großmutter etwas über merkwürdige Ereignisse am Goldberg aufgeschrieben habe. Joanna und Helene vereinbarten einen Besuchstermin mit der Tochter der Frau, die auch schon achtzig Jahre alt war. Sie durften ein zerfleddertes, kleines Heft in Augenschein nehmen, das braun und stockfleckig war und intensiv nach Schimmel roch. Ein Teil des Notizbuchs zeigte Brandspuren, als habe jemand versucht, es zu verbrennen. Trotzdem war der Text, der in der alten Deutschen Schrift geschrieben war, noch gut zu lesen. Die Alte gab das Dokument nicht aus der Hand, gestattete aber Helene, die Nachricht auf der ersten Seite abzuschreiben. Sie besagte, dass es an der Flanke des Berges eine Goldmine gegeben habe, die man zugeschüttet habe, weil ein Fluch auf ihr gelegen habe. Viele der Arbeiter der Mine hätten einen hartnäckigen Husten bekommen, der sich immer mehr verschlimmert und schließlich zum Tod geführt habe. Die Mine selbst sei eine Pforte zur Unterwelt. Mehr als einmal habe man eine Gestalt mit einem schwarzen Kapuzenumhang dabei beobachtet, wie sie aus dem Stollen gekommen sei oder in ihm verschwunden sei. Das könne niemand anderes als Gevatter Tod selbst gewesen sein.

Joanna erschrak, als sie das gelesen hatte. Sie glaubte zwar nicht, dass der Tod in dieser Gestalt auf der Erde herumlaufen würde, war sich jedoch sicher, dass der Kapuzenmann, den sie gesehen hatte, diese Nachricht kannte.

»War denn in der letzten Zeit jemand hier, um diesen Text zu lesen?«, fragte Joanna die Alte, die keine Antwort mehr gab. Sie war eingeschlafen.

»So, das reicht jetzt, sie müssen gehen«, flüsterte ihre Tochter, um die alte Dame nicht aufzuwecken, »das ist alles viel zu anstrengend für meine Mutter und regt sie nur auf. Wir werden das Heft demnächst in das Archiv der Stadt geben.«

»Würden sie es auch verkaufen?«, fragte Joanna die Tochter der Frau selbstbewusst. Sie schämte sich im selben Moment dieser Frage. Von ihrem Vater hatte sie nie etwas anderes gehört, als dass man alles kaufen könne, wenn nur der Preis stimmte.

»Nein, was nutzt mir denn Geld in meinem Alter. Durch die Rente meines verstorbenen Mannes bin ich versorgt.«

»Ihre Enkel würden sich aber bestimmt über etwas Geld freuen.«

Joanna hatte keine Ahnung, ob die Frau Enkel hatte, sie hatte aber mit ihrer Bemerkung ins Blaue ins Schwarze getroffen und konnte der Frau ansehen, wie sie plötzlich angestrengt nachdachte.

»Was würden sie denn zahlen?«

Joanna versuchte, sich nicht anmerken zu lassen, wie sie innerlich triumphierte.

»Wären hundert Euro genug?«

Die Frau war geschäftstüchtig.

»Zweihundert!«

Joanna verzichtete darauf, noch weiter zu handeln. Sie hatte ihr Ziel erreicht.

»Wie konntest du so viel Geld für ein verrottetes Stück Papier ausgeben?«, fragte Helene auf dem Heimweg. Joanna lächelte in sich hinein. Sie war überzeugt, einen großen Fang gemacht zu haben. Das halb verkohlte Heftchen enthielt sicher noch mehr Informationen über den Goldberg, die man vielleicht wieder sichtbar machen konnte.

Die erste genauere Untersuchung zuhause war jedoch eine Enttäuschung. Außer dem bereits bekannten Text schienen sich in dem kleinen Notizheft keine weiteren noch lesbaren Nachrichten erhalten zu haben.

»Lass mich doch mal!«, forderte Helene ihre Freundin auf, die missmutig und enttäuscht den alten Notizblock in der Hand hielt, den sie jetzt Helene in die Hand drückte. Diese brauchte nicht lang, um etwas zu entdecken.

»Sieh nur, hier sind einige Seiten miteinander verklebt!«

Es stimmte, sowohl vorne als auch hinten waren Seiten zusammengeklebt. Joanna packte wieder ihr Forscherdrang.

»Wir müssen diese Verklebung lösen. Ich bin sicher, dass der alte Kleber wasserlöslich ist. Wahrscheinlich ist es stark verdünnter Knochen- oder Fischleim. Wir müssen die Seiten mit warmem Wasser behandeln.«

»Nicht so schnell«, gab Helene zu bedenken, »wir sollten vielleicht einen Experten hinzuziehen.«

»Das wird nicht nötig sein. Ich habe einmal vor ein paar Jahren ein altes Buch von seinen Stockflecken gereinigt. Dazu habe ich es in warmem Wasser eingeweicht. Dabei löste sich natürlich auch die Klebebindung. Nachdem ich Seite für Seite gereinigt hatte, ließ ich das Buch wieder neu binden.«

Tatsächlich löste sich die Verklebung der Seiten unter der Einwirkung etwas lauwarmen Wassers. Zum Vorschein kamen zwei Zeichnungen von ausgezeichneter Qualität. Eine zeigte eine alte Karte, in der der Eingang zum Stollen eingezeichnet war, die andere einige Bergleute mit Spitzhacken vor dem Grubeneingang. Darunter stand noch ein Vierzeiler:

Geh nie zur mitternächtlich Stund
Zur Grube die zum Höllenschlund
Sich auftut, der Kapuzenmann
Dann deine Seel sich holen kann.

3.

Im November gab es entgegen des schlechten Rufs, den dieser kalte Nebelmonat hatte, ein paar schöne Tage, die für eine Exkursion zum Goldberg wie geschaffen waren. Joanna verabredete sich kurzfristig mit dem Professor am Mardorfer Sportplatz, von dem ein Fahrweg direkt in den Wald führte. Helene, die an diesem Tag vorlesungsfrei hatte, kam kurz entschlossen mit. Schon während der Fahrt zum Treffpunkt brachen die beiden Frauen wegen dieser merkwürdigen Verabredung immer wieder in lautes Gelächter aus. Als sie ankamen, stand der Professor bereits neben seinem Wagen. Er trug Wanderschuhe, eine Jeans, eine für sein Alter zu moderne, etwas weit geschnittene Jacke und auf dem Kopf eine blaue Baseballkappe mit einem großen weißen »M«. Die für die Exkursion nötigen Utensilien hatte er in eine große Tragetasche gepackt, deren ledernes Band quer über seine Schulter lief. Joanna und Helene mussten bei diesem Anblick so lachen, dass sie noch eine Weile im Auto sitzen blieben, bis sie sich beruhigt hatten. Der Professor war überrascht und erfreut, dass ihn zwei junge, gut aussehende Frauen auf die Exkursion begleiteten. Es erinnerte ihn an seine Zeit als Student, als er sich einmal mit zwei Kommilitoninnen getroffen hatte, um mit ihnen zu wandern. Dummerweise hatte sich keine von ihnen wirklich für ihn interessiert. Sie hatten nur jemanden gesucht, der den schweren Rucksack schleppen würde. Heute schien es wieder so zu sein. Er hatte die schwere Tasche zu tragen, während die jungen Damen leichtfüßig losmarschierten. Joanna stellte ihm

Helene als Freundin und Mineraliensammlerin vor. Helene sah ihn von der Seite an.

»Stimmt es, dass sie schon über sechzig Jahre alt sind, das sieht man Ihnen überhaupt nicht an.«

Der Professor war geschmeichelt, aber auch verwirrt und stammelte etwas Unverständliches.

Vor ihnen lag der Bergrücken, der von den letzten Nebelfetzen eingehüllt war, die die Sonne noch nicht aufgelöst hatte. Ihre Strahlen wurden im Dunst als leuchtende Linien sichtbar. Wo sie auf die Erde trafen, strahlte das Laub in Kupfer, Silber und Gold.

Sie folgten dem Waldweg, der kurz danach steil anstieg, was den Professor trotz Atemnot nicht daran hinderte, ununterbrochen auf die Frauen einzureden. Weiter oben verflachte der Weg. Der Professor blieb stehen und zeigte mit einem Stift auf eine topografische Karte.

»Hier ist ein Bachlauf eingezeichnet, den werden wir uns einmal vornehmen.«

Sie gingen noch hundert Meter weiter, bis tatsächlich ein kleiner Bach auftauchte.

»Bevor wir den Schlamm in diesem Bach näher untersuchen, müssen wir uns klar machen, wie sich Goldpartikel im Wasser bewegen«, wandte er sich dozierend an die Frauen.

»Sie werden wohl nicht oben drauf schwimmen«, bemerkte Helene und zwinkerte dabei Joanna zu.

Der Professor überhörte ihre Bemerkung.

»Gold ist faul, das heißt, es bewegt sich träge, eine Folge seines hohen spezifischen Gewichts. Es folgt der Bewegung des Wassers nur sehr ungern und lagert sich hinter Hindernissen oder in Vertiefungen ab. An Bachbiegungen folgt das Gold immer den langsamsten Strömungen«, und an Helene gewandt fuhr er fort, »an welcher Stelle einer Flussbiegung lagert sich also Gold ab? Innen oder außen?«

Helene gab trotz einer fünfzig Prozent Chance die falsche Antwort: »Außen!«

»Falsch!, natürlich innen, weil die Strömung da am langsamsten ist!«

»Ich dachte, ich hätte heute vorlesungsfrei«, erwiderte Helene beleidigt.

Die Gruppe verließ den Weg und folgte dem Bach den Hang hinunter, der durch die Erosion V-förmig eingeschnitten war. Es war ein beschwerlicher Fußmarsch auf unebenem Gelände, das immer wieder von Ästen und umgestürzten Baumstämmen blockiert war. Der Nebel wurde wieder dichter. Joanna bekam Angst und blickte sich immer wieder um. Dann sah sie ihn.

»Seht nur, dort oben, der Kapuzenmann!«

Der Professor und Helene drehten sich um.

»Ich kann nichts erkennen«, sagte Helene mit zittriger Stimme. Sie hatte sich von Joannas Angst anstecken lassen.

»Ich sehe auch nichts.« Der Professor zuckte mit den Schultern, »und selbst wenn, wir lassen uns doch nicht von einem Wanderer stören.«

»Das ist ein unheimlicher Kerl wie aus einer anderen Welt, ich sehe ihn jetzt schon zum dritten Mal. Vielleicht verfolgt er mich. In nur einem Jahr ist hier eine

Person ermordet worden und eine andere ist verschwunden. Das macht mir natürlich Angst.«

»Das kann ich verstehen, vielleicht sollten Sie ihre Beobachtungen der Polizei melden«, grübelte der Professor.

»Wir gehen sofort zurück!«

»Dem schließ ich mich an«, unterstützte Helene ihre Freundin. Der Professor wurde böse.

»Auf keinen Fall, ich habe einen Tag meiner kostbaren Zeit geopfert, habe eine Ausrüstung zum Goldwaschen mitgebracht und mich hier herauf gequält.«

Die Freundinnen beruhigten sich. Immer wieder ging jedoch Joannas Blick zu der Abbruchkante, wo sie die unheimliche Erscheinung gesehen hatte. Schließlich erreichte die Gruppe eine kleine Senke, in der der Bach zwischen bemoosten Felsbrocken einen Bogen machte.

»Hier fangen wir an«, sagte der Professor und zu Helene gewandt:

»Können Sie sich vorstellen, warum gerade hier?«

»Weil das faule Gold keine Lust hatte, wieder aus dieser Senke herauszuschwimmen.«

Der Professor reagierte nicht darauf, dass er auf den Arm genommen wurde und erklärte unbeirrt weiter:

»Man muss davon ausgehen, dass der Bach über Tausende von Jahren immer wieder seinen Verlauf geändert hat. Hier an dieser, im Gestein tief eingeschnittenen Stelle, musste er aber immer durch.«

Er packte seine Mitbringsel aus, eine Schaufel, drei verschieden große Goldwaschpfannen, einen runden Magneten, der sich in einem Plastikzylinder bewegte und kleine Glasfläschchen. Joanna musste eine der Pfannen halten, während er einen Batzen Schlamm aus dem Bachbett in die Pfanne schippte. Dann nahm er den flachen Teller in beide Hände, füllte ihn bis zum Rand mit Wasser und vollführte mit ihm kreisende Bewegungen, unter denen sich der Schlamm immer mehr verteilte.

»Sehen Sie genau zu! Ich halte die Pfanne leicht schräg, damit die leichteren Stoffe über den Rand abfließen können, während sich die schweren Metalle immer mehr anreichern.«

Gebannt starrten alle in die Pfanne, deren Inhalt immer weniger wurde, bis ein schwarzer Sand zurückblieb. Der Professor nahm den Magneten, der einen großen Teil der schwarzen Partikel anzog. Er füllte damit das erste Glasfläschchen. Immer weniger Material blieb in der Pfanne zurück.

»Ich sehe etwas!«, schrie Joanna aufgeregt. In dem schwarzen Sand blitzten winzige, gelbe Flitterchen.

»Das wird vermutlich Gold sein«, murmelte der Professor, »ich muss Ihre Euphorie aber dämpfen, erst viele tausend dieser winzigen Stücke ergeben ein Gramm. Früher hat man einen Tropfen Quecksilber durch die Pfanne laufen lassen. Der hat auch das mikroskopisch kleine Gold wie ein Schwamm aufgesaugt. Wenn man diesen Tropfen in einer ausgehöhlten Kartoffel erhitzte und so das Quecksilber verdampfen ließ, blieb das Gold zurück.«

»Ist Quecksilber nicht giftig?«, fragte Joanna.

»Die Dämpfe und manche seiner Verbindungen sind sehr giftig. Deswegen werden wir diese alte Technik auch nicht verwenden. Ich werde die Proben mit ins Labor nehmen und sie mit dem Spektrometer untersuchen.«

Joanna, Helene und den Professor hatte das Goldfieber gepackt. Sie wuschen zwei Stunden lang den Bachschlamm aus und fanden immer mehr Flitterchen. Einmal war sogar ein winziges Goldnugget dabei, das der Professor zusammen mit den größeren Flitterchen mit Hilfe einer Pinzette in ein eigenes Gläschen steckte, das er vorher mit Wasser gefüllt hatte.

»Das ist für Sie«, hielt er das Gläschen Helene hin,

»eine schöne Erinnerung, und machen Sie dem Gold Beine, wenn es länger faul herum liegt!«

Helene wurde rot und Joanna überlegte, ob sie nicht auch einen Anspruch auf das Nugget hatte. Dann wurde ihr aber klar, dass man an dieser Fundstelle sehr viel mehr finden konnte, wenn man systematisch an die Sache heran ging.

»Eine Stunde machen wir noch«, schlug sie vor, während ihr Blick genauer auf Helene und den Professor fiel.

»Wie sehen wir denn aus!« Ihre Stimme versagte und ging in ein unkontrolliertes Quieken über. Nicht nur die Schuhe ihrer Begleiter und ihre eigenen waren voll mit Schlamm bedeckt. Die dunkle Masse erstreckte sich bis unter die Knie und war ihnen teilweise ins Gesicht gespritzt, wo sie schwarze Flecken hinterlassen hatte. Ihre Ohren glühten, Schweißtropfen perlten auf der Stirn und die Haare standen nach allen Seiten ab. Die Schminke im Gesicht der schönen Helene war völlig verschmiert und der Professor hatte seine schicke Baseballkappe in einem Gestrüpp verloren, wodurch einige sehr schüttere Stellen seiner gewellten Kopfbehaarung sichtbar wurden.

Schaufel für Schaufel schippten sie den Bachgrund weiter in die Pfanne, bis der Professor klagte, er bekäme bald eine Sehnenscheideentzündung von den ständigen Schwenkbewegungen seiner Hände und Unterarme. Erst jetzt machten sie Schluss, ohne ein weiteres Nugget gefunden zu haben.

»Beim nächsten Mal finden wir wieder eins«, tröstete der Professor, der gemerkt hatte, wie enttäuscht Joanna war, dass sie den tollen Fund nicht mit nach Hause nehmen konnte. Es war aber nicht so tragisch, da ihr Zuhause im Moment auch Helenes Zuhause war.

Als sie wieder bei den Autos am Sportplatz angekommen waren, merkten sie, wie erschöpft sie waren. Nachdem sie ihre Schuhe im vorbeifließenden Bach gereinigt hatten, schlug Helene vor, in die Mühle zum Essen zu gehen.

Beim Betreten des Lokals blieb Helene plötzlich in der Eingangstür stehen und ließ den Professor auflaufen.

»Was ist, warum gehen Sie nicht weiter?«

»Weil ich ein faules Goldmädel bin«, lächelte sie überlegen.

Joanna fing langsam an, sich wegen der beiden Gedanken zu machen.

Einige wenige Gäste waren an diesem Nachmittag im Restaurant. Die drei Goldsucher suchten sich einen Tisch direkt am Ofen, der von der Chefin mit Holzscheiten im Gang gehalten wurde. Als der Professor sein erstes Bier getrunken hatte, wurde er kühn.

»Ich sag Ihnen etwas, ich schwöre, dass Sie die nettesten Goldsucherinnen sind, die dieser Hang seit den Zeiten der Kelten gesehen hat.«

Dabei legte er jeder der Frauen eine Hand auf den Unterarm. Blicke trafen sich, die von Joanna und Helene, erst untereinander, dann mit der Wirtin, deren Blick wiederum den einiger Gäste auffing, die es mitgehört hatten, bis schließlich alle lachten.

Am Goldberg wurde es dunkel. Die letzten Jogger hatten noch vor Einbruch der Dämmerung den unheimlichen Wald verlassen. Keiner der Einheimischen traute sich nach den Vorkommnissen noch nach Sonnenuntergang hinein. Es war, als stände Graf Draculas Schloss auf der Kuppe. Vielleicht war die Hunnenburg tatsächlich seit über zweitausendfünfhundert Jahren ein Monument des Bösen. Wer auch nur einmal einen solchen Gedanken gedacht hatte, bekam die Angst nicht mehr los. Menschen mit zu viel Fantasie waren in diesem Punkt eindeutig im Nachteil. Der einzige, der sich von der allgemeinen Hysterie scheinbar nicht beeindrucken ließ, war der Pfarrer des Dorfs. Er mahnte von seiner Kanzel herab, ruhig und besonnen zu bleiben. Die Polizei würde den Mörder früher oder später finden. Einige Jugendliche kamen auf die verrückte Idee, Mutproben zu veranstalten. Sie versammelten sich nach Sonnenuntergang am Sportplatz. Durch ein Los wurde jemand aus der Gruppe bestimmt, ohne Taschenlampe eine Flasche Bier aus dem Wald zu holen, die sie am Tag dort platziert hatten.

Keiner hatte es bisher geschafft. Die weniger Mutigen waren schon nach fünfzig Metern wieder umgekehrt, die Furchtlosen spätestens dann, wenn sie den Waldrand nicht mehr sehen konnten. Nachts verlaufen wollte sich hier niemand. Nachdem die Halbwüchsigen unter lautem Diskutieren und Grölen einen Kasten Bier geleert hatte, trollten sie sich wieder.

Es war die Zeit, zu der die Rehe aus ihren Gehölzen im Wald kamen, um auf den angrenzenden Wiesen zu äsen. Der Förster der Gemarkung, der auf dem Hochsitz mit angelegtem Gewehr auf eine günstige Gelegenheit wartete, fühlte sich sicher. Schließlich war er bewaffnet. Nachdem das Licht jedoch für einen sicheren Schuss zu schwach geworden war, fuhr auch er nach Hause.

Niemand war mehr hier um zu beobachten, wie um zwei Uhr morgens ein alter Kastenwagen im Schritttempo am Sportplatz vorbei schaukelte und in den Waldweg einbog. Der Wagen fuhr ohne Licht und nahezu lautlos. Sein Motorraum war mit Steinwollmatten isoliert und an seinen Auspuff war ein besonders wirksamer Schalldämpfer angeflanscht. Im Wald angekommen, fuhr der Wagen mit eingeschaltetem Standlicht langsam zu der Stelle, an der der Bach querte und hielt etwa zehn Meter danach an. Nicht weit davon entfernt bewegte sich zur gleichen Zeit ein Schatten durch das graublaue Nachtlicht, das durch die entlaubten Baumkronen bis zum Waldboden strahlte. Es war der Kapuzenmann, der durch den Wald schwebte. Aus dem Kastenwagen stieg ein Mann, der sich bückte, um einen im Graben verborgenen Hebel zu betätigen, der wie ein herabgefallener Ast aussah. Der alte Holzstoß direkt neben dem Weg verschob sich lautlos um einen Meter und gab eine Öffnung frei, die in den Berg hinein führte und aus der schwaches Licht drang.

Joanna schreckte mitten im Schlaf hoch. Sie war von einem schrecklichen Albtraum schweißgebadet, in dem Matthias, bekleidet mit einer schwarzen Kapuzenjacke, auf sie zugegangen war und den Hammer zum Schlag erhoben hatte. Sie konnte noch spüren, wie der geschmiedete, harte Stahl in ihren Kopf eindrang. Dann wachte sie auf. Helene stand vor ihrem Bett.

»Was ist los, um Himmels willen, du hast so laut geschrien, dass du bestimmt die ganze Nachbarschaft aufgeweckt hast!«

Joanna zitterte noch vor Angst und die beiden Frauen gingen ins Wohnzimmer, wo der Professor auf der Couch lag und laut schnarchte. Es hätte in diesem Moment keine bessere Therapie für Joanna geben können als dieser Anblick, der sie sofort in Lachen ausbrechen ließ.

»Weck' ihn nicht auf!«, ermahnte Helene ihre Freundin.

»Weißt du nicht mehr, wie betrunken der Professor gestern Abend in der Mühle war? Während wir alkoholfreies Bier getrunken haben, hat er sich einen Wein nach dem anderen bestellt, bis er nicht mehr fahrtüchtig war. Er schläft wie ein Murmeltier.«

Sie gingen in die Küche und setzten sich auf zwei Barhocker an eine kleine Theke, die Joanna hatte einbauen lassen, da sie sich gerne in der Küche aufhielt und auch ihre Mahlzeiten dort einnahm. Sie tranken Milch, unterhielten sich über den witzigen Professor und gingen bald wieder zu Bett.

Am Goldberg wurde in diesem Moment der Eingang zum Berg wieder verschlossen, indem sich der Holzstoß langsam über die Öffnung schob. Nur das leise Singen des Servomotors war zu hören, der den Mechanismus antrieb. Der Kastenwagen, der jetzt schwer beladen war, setzte vorsichtig einige Meter zurück bis zu einer Stelle, an der er wenden konnte und rollte langsam den Weg hinunter. Er war jetzt so schwer, dass die Reifen fast die Radkappen berührten. Am Sportplatz angekommen, erhöhte er sein Tempo und fuhr zügig davon.

Eine Woche später rief der Professor bei Joanna an. Er konnte seine Aufregung kaum verbergen.

»Sie glauben nicht, was ich gefunden habe!«

»Matthias?«, schrie Joanna ins Telefon.

»Natürlich nicht, ich rede vom Ergebnis meiner Untersuchung der Proben, die wir am Bach genommen haben, wir haben es am Goldberg mit einer ganz besonderen geologischen Situation zu tun.«

Joanna wusste nicht, ob sie das noch interessierte. Sie war schon den ganzen Tag wegen des Verschwindens ihres Freundes deprimiert gewesen.

»Also«, fuhr der Professor fort, »ich habe außer Gold, Kupfer und geringen Mengen Silber Pechblende in einer hohen Konzentration nachgewiesen.«

»Ich habe den Begriff schon gehört, was ist das genau?«

»Das ist Uraninit, ein Uranoxid!«

»Um Gottes willen«, stammelte Joanna, »sind wir jetzt verstrahlt?«

»Nein, Pechblende ist zwar eine der stärksten Quellen natürlicher Strahlung und giftig, gefährlich wird aber vor allem der Staub, wenn man ihn längere Zeit einatmet. Das kann zu Lungenkrebs führen. Im Übrigen ist Uran ein sehr häufiges Metall, sogar die Ozeane sind voll davon.«

»Also ist das ein ganz normaler Befund?«

»Nein, die hohe Konzentration deutet auf eine primäre Lagerstätte größeren Ausmaßes hin. Mich wundert offen gesagt, dass das noch niemand entdeckt hat.«

»Was wird jetzt passieren?«, fragte Joanna beunruhigt, »werden Sie irgend etwas unternehmen?«

»Wir behalten das erstmal für uns«, flüsterte der Professor, »ich glaube zwar nicht, dass man diesen Berg vom Scheitel bis zur Sohle aufreißen wird, um Uran abzubauen, aber man kann nie wissen. Es wäre das Ende dieser wunderbaren Landschaft mit ihren malerischen Fachwerkdörfern.«

»Und in unserem schönen Mühlenrestaurant gäbe es verstrahltes Gemüse«, versuchte Joanna zu scherzen, aber der Professor blieb ernst.

»Vielleicht hat mein Doktorand Schmidt, Ihr Freund Matthias, das Uranvorkommen entdeckt und ist deswegen untergetaucht, eine Vorstellung, die mich extrem nervös macht.«

»Warum das?«

»Seit ein Kernkraftwerk nach dem anderen abgeschaltet wird, braucht die Industrie immer weniger Uran. Es ist aber besonders für diejenigen interessant, die Böses im Sinn haben.«

»Terroristen?«

»Ja, genau, Terroristen.«

Nach dem Gespräch ging Joanna in die Küche, um ein Glas Wasser zu trinken. Als sie zurück ins Wohnzimmer kam, fiel ihr der Schreibblock neben dem Telefon auf. Sie hatte während des Gesprächs etwas draufgekritzelt: eine grob skizzierte dunkle Gestalt mit Kapuzenjacke. Darunter war mehrmals ihr Name in alten gotischen Buchstaben geschrieben. In diesem Moment ging die Tür. Helene kam von der Uni zurück. Joanna berichtete kurz von ihrem Gespräch mit dem Professor, womit sie ihre Freundin sehr beunruhigte.

»Der hat die Gefahr heruntergespielt, wir sind alle schon total verstrahlt«, schrie sie.

»Beruhige dich doch! Ich mache uns einen Tee, dann setzen wir uns an den Kachelofen und diskutieren ganz ruhig, was diese Nachricht für uns bedeutet.«

Es wurde dunkel draußen und die Straßenbeleuchtung schaltete sich ein. Nach und nach gingen in den Fachwerkhäusern die Lichter an. Die Kirche auf dem Gipfel des Basaltbergs wurde angestrahlt. Über den rechteckigen Marktplatz aus dem 18. Jahrhundert huschten Schemen, die nichts anderes waren als Wolkenfetzen, die das Licht der vielen beleuchteten Fenster zu absonderlichen, zarten Gebilden zerstreuten.

Vor allem im Herbst kam es oft vor, dass die niedrig hängenden Wolken direkt gegen den Ort prallten.

Helene hatte die Kritzelei ihrer Freundin entdeckt und sie auf den kleinen Tisch am Kachelofen gelegt.

»Was hast du da gezeichnet? Hat das etwas zu bedeuten?«

»Ich habe das unbewusst beim Telefonieren gemacht.«

»Und der Kapuzenmann?«

Joanna schwieg. Sie erinnerte sich aber in diesem Moment daran, dass sie diese Figur als Kind immer wieder gezeichnet hatte.

Die Freundinnen waren sich einig, dass sie sich so schnell wie möglich wieder mit dem Professor treffen sollten, um noch mehr Informationen zu erhalten. Es war zu befürchten, dass dieser Mann ganz eigene Vorstellungen entwickeln würde, wie er die Entdeckung eines Uranvorkommens zu seinem persönlichen Vorteil nutzen konnte. Das musste nicht unbedingt ein materielles Interesse sein. Er konnte zum Beispiel auf die Idee kommen, durch eine wissenschaftliche Veröffentlichung zu Ruhm und Ehre zu gelangen.

4.

Der aufgelassene Steinbruch lag über hundert Kilometer vom Goldberg entfernt. Früher war hier Eisenerz im Tagebau abgebaut worden. In den Fünfziger Jahren hatte man die Förderung aufgegeben. Der Maschinenpark wurde abtransportiert bis auf einen alten Steinbrecher zur Verkleinerung der Erzbrocken, der seitdem vor sich hinrostete. Das antike Gerät war auf vier Speichenrädern fahrbar, hatte einen eigenen Motor und benutzte gegeneinander laufende Walzen zur Verkleinerung großer Brocken. Die Maschine stand direkt neben einem alten Holzschuppen, aus dem in diesem Moment ein Mann mit einer Werkzeugkiste kam, der sich an dem Steinbrecher zu schaffen machte.

»Wie lange wirst du noch brauchen?«, fragte ein anderer Mann mit starkem Akzent, der sich aus einem Fenster der Hütte lehnte.

»Wenn das Material und die Ersatzteile rechtzeitig kommen, noch zwei bis drei Wochen.«

Rund um den Schuppen deuteten eigenartige Gebilde darauf hin, dass hier etwas Ungewöhnliches vor sich ging. Einen mit Gras und Erde abgedeckten Haufen, der aus allen Poren rauchte, konnte vielleicht noch ein Laie als Holzkohlenmeiler identifizieren. Um zu erkennen, dass das zylindrische Lehmgebilde unweit des Meilers ein nachgebauter Rennfeuerofen war, wie ihn die Kelten zur Gewinnung von Eisen benutzten, musste man ein Experte auf diesem Gebiet sein. Das Bild rundete sich ab durch eine primitive Schmiede, die man nach Ausgrabungen aus der Eisenzeit rekonstruiert hatte.

Was ging hier vor?

Es sah aus wie der Feldversuch einer Universität oder von Hobbyarchäologen, die herausfinden wollten, wie die Kelten einen so fantastischen Stahl produzieren konnten und daraus Klingen schmiedeten, die sogar bei den Römern sehr begehrt waren. Dass dieses Experiment offensichtlich nur eine Tarnung war, erkannte man nach Einbruch der Dunkelheit. Ein Kastenwagen fuhr lautlos vor und zwei Männer, die ihre Gesichter mit Skifahrer Sturmmasken verdeckt hatten, stiegen aus.

Für den Besuch des Professors hatten Joanna und Helene ein Essen gekocht. Es war der erste Advent und das kleine Städtchen erschien in seinem Weihnachtsschmuck wie ein Gemälde aus dem neunzehnten Jahrhundert. Ein wenig Schnee war gefallen und hatte den Basaltkegel und die Dächer der Häuser mit einer dünnen, weißen Schicht überzogen. Der Professor hatte Blumen für die Hausherrin und ein kleines Büchlein mit Goldfundstellen in Deutschland für Helene mitgebracht. Den jungen Frauen entfuhr ein »Oh«, als der Mann sich aus seinem Wintermantel gewunden hatte. Er trug einen hellgrauen, feinen Anzug aus reiner Schurwolle, dazu ein weißes Hemd und eine schwarze Fliege. Joanna und Helene wurde in diesem Moment klar, dass sie sich selbst »aufgebrezelt« hatten. Joanna trug ein schwarzes, trägerloses Kleid. Helene hatte sich aus dem Kleiderschrank ihrer Freundin eine schwarze Hose und eine beige Bluse

ausgesucht. Um den Hals hatte sie einen rosa Seiden-
schal gelegt.

»Was wollen wir eigentlich von dem alten Kerl?«,
dachte Joanna in diesem Moment.

Es dauerte aber nur den Bruchteil einer Sekunde, um
es ihr wieder klar zu machen. Über den Professor
konnte sie vielleicht Matthias finden. Der Wissenschaftler hatte die Pechblende nachgewiesen und damit das Tor für weitere Spekulationen über Matthias'
Verschwinden weit aufgestoßen. Das Wichtigste war:
Die Wahrscheinlichkeit, dass Matthias noch lebte, war
gestiegen. Er hatte etwas mit dem Uran zu tun, das
wurde Joanna immer klarer.

Die beiden Frauen hatten Gulasch mit Knödeln und
Salat zubereitet, das dem Professor vorzüglich
schmeckte. Keiner sprach das Thema an, das alle so
beschäftigte. Nach dem Essen setzten sie sich vor den
Kamin.

»Wie soll es weiter gehen?«, fragte Joanna, »oder
unternehmen wir einfach nichts?«

Sie hatte kaum ausgesprochen, als von draußen ein
lautes Schreien zu hören war. Joanna öffnete das Fenster zur Straße und sah Armin dort stehen, der sich
kaum auf den Beinen halten konnte und betrunken zu
sein schien.

»Komm raus!«, schrie er, »komm sofort raus!«
Helene und der Professor kamen ebenfalls zum Fenster und konnten gerade noch einem Stein ausweichen,
den Armin geworfen hatte.

»Da ist ja auch noch der Kerl, mit dem du es
treibst!«, schrie er mit sich überschlagender Stimme,

bevor er über seine eigenen Beine stolperte und mit dem Kopf seitlich auf die Bordsteinkante krachte. Die Folge war eine Platzwunde, die sofort schrecklich blutete.

»Ich sterbe, ich sterbe«, heulte er wie ein waidwunder Wolf, dann waren Helene, Joanna und der Professor bei ihm und schleppten ihn ins Haus, wo Joanna die Wunde notdürftig verband. Alle waren sich einig, dass er so schnell wie möglich ins Krankenhaus müsse. Helene telefonierte nach einem Krankenwagen, der nach nur zwanzig Minuten da war und Armin mitnahm. Auch Helene stieg mit ein. Joanna war jetzt mit dem Professor allein, dessen gute Stimmung verhagelt war, nachdem Helene mit dem Krankenwagen mitgefahren war.

»Wir reden ein anderes mal über das Uranvorkommen«, sagte er zu Joanna, »ich werde vorläufig überhaupt nichts unternehmen.«

Er verabschiedete sich und ließ eine enttäuschte Joanna zurück, die sich für den Abend soviel vorgenommen hatte. Als sie später zu Bett ging, fiel ihr plötzlich ein, dass sie vergessen hatte, das Fenster zur Straße wieder zu schließen. Sie stand noch einmal auf und klappte geistesabwesend die beiden Flügel des alten Sprossenfensters zu, als ihr Blick auf die Straße fiel. Nur etwa zwanzig Meter von ihrem Haus entfernt stand eine dunkle Gestalt, die sich gut von der dünnen weißen Schneedecke abhob und in ihre Richtung blickte: der Mann in der Kapuzenjacke! Joanna rannte zur Haustür und riss sie auf. Die Erscheinung war verschwunden.

Sie konnte nach diesem Erlebnis nicht schlafen, setzte sich vor den Kamin und versuchte zu lesen, konnte sich aber nicht konzentrieren. Dann wurde plötzlich die Haustür aufgeschlossen, ein Geräusch, das der jungen Frau das Blut in den Adern gefrieren ließ.

»Ich bin es nur!«, rief Helene beim Betreten des Hauses, um ihre Freundin nicht zu erschrecken.

»Der Kapuzenmann war wieder da!«

Joanna zitterte am ganzen Leib und Helene nahm sie in den Arm, um sie zu beruhigen.

»Armins Platzwunde ist in der Klinik genäht worden, es geht ihm wieder gut. Wir sind mit dem Taxi zurück gefahren.«

Joanna ging nicht weiter darauf ein.

»Ich möchte endlich wissen, wer der Typ ist, der mich ständig verfolgt.«

»Ich glaube, das bildest du dir nur ein. Ich habe den noch nie gesehen.«

»Es ist der Tod, ich weiß es!«

»Was für ein Unsinn, wir gehen morgen zur Polizei und melden es.«

»Die haben mich schon ausgelacht, als der junge Mann mit dem Metallsuchgerät verschwunden war und ich meine Beobachtungen zu Protokoll gegeben hatte. Erinnerst du dich?«

Helene fiel der Vorfall wieder ein. Langsam machte sie sich Sorgen um ihre Freundin.

Am nächsten Tag klingelte es schon am Vormittag Sturm an der Tür des kleinen Fachwerkhauses. Helene war mit Joannas Auto zur Uni gefahren, die wegen starker Kopfschmerzen zuhause geblieben war und es sich auf der Couch bequem gemacht hatte. Sie ignorierte das Klingeln erst, erhob sich dann aber mühsam und ging zum Fenster, wo sie Alfons Schnuff vor der Tür stehen sah, der ungeduldig gegen den Türknauf drückte.

»Ich hab ihn, ich habe ihn«, schrie er, nachdem Joanna ihn hereingelassen hatte.

»Ich weiß jetzt wo er wohnt und was er macht.«

Schnuff erzählte, dass er eine Krankenschwester aus dem Klinikum bestochen habe, um an die Krankenakte und die Adresse eines Matthias Schmidt heranzukommen, der vor kurzem dort behandelt worden sei. Dieser Patient, bei dem schon vor über einem Jahr Lungenkrebs diagnostiziert worden sei, wohne etwa 100 km entfernt in einem kleinen Dorf. Dort habe er weitere Nachforschungen angestellt, die ergeben hätten, dass Schmidt in einem alten Steinbruch einen »Keltenerlebnispark« betrieb, der an Wochenenden gut besucht sei. Hauptattraktion des Parks seien ein keltischer Ofen zur Eisengewinnung und eine Schmiede.

Die Nachricht traf Joanna wie ein Schlag. Alfons hatte mit Sicherheit ihren Freund gefunden. Das ergab sich nahezu zwingend aus dessen Aktivitäten in einem Steinbruch. Trotzdem, es passte irgendwie nicht zu Matthias, das war sicher nicht der große Coup, von dem er immer geträumt hatte. Ein Schock war es für sie zu erfahren, dass ihr ehemaliger Freund an Lungenkrebs erkrankt sein sollte. Vielleicht war das der Grund, dass er sie von einem Tag auf den anderen verlassen hatte.

Es gab nur Fragen, aber Joanna nahm sich fest vor, die Angelegenheit aufzuklären. Sie gab Alfons, der eine hohe Rechnung über seine bisherigen Tätigkeiten mitgebracht hatte, den Auftrag, die Aktivitäten im Steinbruch sofort Tag und Nacht zu beobachten.

Als Helene am späten Nachmittag nach Hause kam und von den sensationellen Neuigkeiten hörte, äußerte sie eine Vermutung:

»Könnte Matthias nicht den alten Minenschacht am Goldberg gefunden haben und dort Uran abgebaut haben? Das würde auch erklären, warum er krank wurde, nachdem er länger den radioaktiven Staub eingeatmet hatte.«

»Ich habe das auch schon vermutet, nur, warum betreibt er dann einen Keltenerlebnispark?«

»Weil das eine perfekte Tarnung ist!«

»Wir werden sehen.«

Die beiden Frauen studierten noch einmal die Karte in dem alten Notizbuch.

»Ich glaube ich weiß, wo der Stollen ist«, murmelte Joanna, »das ist ganz in der Nähe des Bachs, an dem wir mit dem Professor waren.«

»Lass uns morgen nach dieser Stelle suchen«, schlug Helene vor.

Joanna fand den Vorschlag gut und so machten sich die beiden Frauen am nächsten Tag um die Mittagszeit auf den Weg.

Die erste Überraschung waren Reifenspuren, die sich im Schnee abzeichneten und ganz frisch sein mussten. Sie führten direkt dahin, wohin die beiden Frauen wollten, hörten aber plötzlich auf.

»Von hier ab ist das Fahrzeug geflogen«, lächelte Helene.

»Nein, sieh doch nur genauer hin, jemand hat die Spuren mit einem Besen verwischt.«

Sie gingen zehn Meter weiter, wo plötzlich wieder ein kurzes Stück eines Reifenabdrucks zu sehen war und erreichten den Bach.

»Hier muss es sein«, murmelte Joanna und lehnte sich an einen alten Holzstoß.

»Ich sehe aber nirgendwo einen Eingang zum Stollen«.

»Er wird getarnt sein. Lass uns danach suchen!«

Sie suchten das Gelände ab, konnten aber nichts Auffälliges entdecken.

»Jetzt fehlt nur noch dein Kapuzenmann«, grinste Helene.

»Sei still!«, zischte Joanna, »ich bin sowieso schon so aufgeregt.«

Sie machten sich enttäuscht auf den Nachhauseweg. Ganz ergebnislos war ihre Suche nicht verlaufen. Die verwischten Reifenspuren deuteten darauf hin, dass irgendwelche Tätigkeiten verschleiert werden sollten.

»Wir müssen in den Steinbruch und Matthias dort stellen«, sagte Helene, nachdem sie wieder zu Hause waren. Joanna stimmt ihr zu. Sie wollte es jetzt wissen.

Vor dem aufgelassenen Eisenerztagebau stand ein verlassenes Haus mit blinden Fenstern und verbarrikadierten Türen, an dem die geschotterte Zufahrtsstraße endete. Der Haupteingang des ehemaligen Verwaltungsgebäudes war von zwei mächtigen Kastanienbäumen flankiert, die jetzt im Winter ihre schwarzen, verwinkelten Äste in den Nebel reckten, der die ganze Gegend zugedeckt hatte. Man konnte nur knapp zwanzig Meter weit sehen. Das war einerseits eine gute Tarnung für den Professor, die beiden Frauen und Alfons Schnuff, die gerade aus dem Auto stiegen, das die letzten hundert Meter mit abgeschaltetem Motor und Licht in die kleine Senke gerollt war. Andererseits erschwerte der Nebel die Orientierung. Keiner von ihnen kannte das Gelände und sie wussten nicht genau, in welche Richtung sie gehen sollten, bis Helene ein Schild entdeckte, auf dem »Zum Keltenerlebnispark« stand.

»Nach was riecht es denn hier?«, fragte Joanna.

»Da brennt irgendwo ein Feuer«, erwiderte der Professor. Es riecht wie bei einem Schwelbrand. Wir brauchen nur dem Geruch nachzugehen.«

»Ich weiß, wie wir uns im Nebel orientieren können«, sagte Schnuff, »seht ihr das Stromkabel, das entlang der Bohnenstangen geführt wird? Dem folgen wir.«

Es dauerte nicht lang, bis ein flaches Gebäude aus dem Nebel auftauchte, vor dem ein Kastenwagen geparkt war. Leise Stimmen waren zu hören.

»Ich habe Angst«, flüsterte Joanna und hängte sich bei Helene ein.

»Wir haben schon auf euch gewartet«, tönte plötzlich eine klar vernehmbare Stimme direkt hinter ihnen.

»Nicht umdrehen, ich habe eine Waffe!«

Die vier mussten erst an einer Hütte vorbeigehen, vor der bewegungslos drei vermummte Männer standen, dann wurden sie von der Stimme hinter ihnen zu einer frisch ausgehobenen Grube dirigiert, neben der ein großer Steinhaufen aufgeschichtet war. Alle waren vor Entsetzen wie gelähmt. Joanna blickte vorsichtig zur Seite und sah links von sich die Gesichter der drei anderen, die mit vor Schrecken geweiteten Augen in die Grube blickten. In diesem Moment sauste ein Geologenhammer herunter und drang in den Kopf des Professors ein, der ohne einen Laut in sich zusammensackte und in das Erdloch fiel. Dann stürzte Alfons Schnuff mit gespaltenem Schädel in die Grube und kurz danach Helene.

In Joannas Kopf zündete ein Gedanke, der ihren Körper augenblicklich bis in die letzten Fasern anspannte: »Wehre dich!«

Sie drehte sich herum und blickte in das vermummte Gesicht des Kapuzenmanns, der bereits den blutverschmierten Hammer erhoben hatte. Sie griff nach seinem Arm, der nur aus Knochen bestand und schrie mit aller Kraft, sie schrie und schrie und brüllte wie ein Tier. Joanna schrie so laut, dass sie das Echo ihres eigenen Schreis durchs Haus hallen hörte, als sie schlagartig davon aufwachte. Helene kam herangeeilt.

»Um Gottes Willen, was war das?«
Sie nahm die vor Angst zitternde und schweißnasse Freundin in den Arm, um sie zu beruhigen.

»Hast du vom Kapuzenmann geträumt?«

»Ja, ganz schrecklich, er hat uns alle ermordet.«

»Es war nur ein Traum, beruhige dich!«

Helene ging wieder ins Bett und war sofort eingeschlafen. Joanna wandelte wie in Trance zum Fenster zur Straße und blickte hinaus. Draußen stand er! Sie hatte es nicht anders erwartet und ging im Nachthemd und mit nackten Füßen hinaus in die kalte Winternacht. Der Kapuzenmann lief von ihr weg und bog in eine schmale Gasse ein. Als Joanna die Stelle erreicht hatte, konnte sie gerade noch sehen, wie er wieder abbog.

»Der hält mich zum Narren«, murmelte sie. Sie ging an einem Hof vorbei, als er plötzlich aus dem Dunkel heraus auf sie zukam.

Am nächsten Morgen fanden Kirchgänger den leblosen Körper von Joanna. Sie war erfroren, aber völlig unverletzt.

Ende des ersten Teils

Teil 2 - Roman

Zweieinhalb Jahre später

5.

Roman ging mit gesenktem Kopf den Weg hinauf zum Marburger Landgrafenschloss, die Augen auf das unregelmäßige, graublau schimmernde Pflaster geheftet, auf dem sich plötzlich kleine runde Flecken ausbreiteten, Wassertropfen, die aus einer schwarzen, grau zerzausten Wolke fielen, die den ganzen Himmel überspannte. Er spürte die kalten Einschläge auf seiner Haut, auf seinen Armen, im Gesicht. Der von dem ausgetrockneten Land sehnsüchtig erwartete Regen war da. Immer größer wurden die Flecken, dicker die Tropfen, die jetzt beim Aufschlagen in viele kleine Kügelchen zerplatzten. In kürzester Zeit war das Pflaster durchgehend nass, dann begannen sich die ersten Rinnsale zu bilden und zusammenzuschließen.

Es war schon zehn Minuten nach vier Uhr. Roman beeilte sich, das Café in der Oberstadt zu erreichen, in dem er mit seinem Partner Anton verabredet war. Dieser saß im Freien und kümmerte sich nicht um die aufziehende Regenfront, vor deren Niederschlägen ihn ein aufgespannter Sonnenschirm beschützte, der noch in den letzten Tagen Schatten vor der ungewöhnlichen starken Sonnenstrahlung hatte spenden müssen.

Fast alle waren sich einig, dass die lang anhaltende Hitze in diesem Sommer nicht normal sei und eine Folge des vom Menschen verursachten Klimawandels sein müsse. Es gab aber auch Experten, die der Industrie nahestanden und die Verantwortung für das Wetter nicht der Menschheit aufbürden wollten. Sie berichteten von aufeinander folgenden Jahrzehnten aus dem Mittelalter, die laut Überlieferung noch viel heißer gewesen sein sollten als irgendeine Epoche des modernen Zeitalters. Überhaupt habe es auch vor der Industrialisierung Kalt- und Warmzeiten gegeben. Es wurde sogar von Jahren berichtet, in denen zwei Mal geerntet wurde und von Sommern, die so kalt waren, dass Hungersnöte das Land überzogen.

Die Zahl derjenigen, die den Klimawandel in Frage stellten, nahm zwar ab, die Zahl derer, die dagegen ankämpften, jedoch nicht zu. Also blieb alles beim Alten. Scheinbar! Der schleichende Untergang der Welt hatte bereits begonnen.

Anton war guter Laune. Roman setzte sich zu ihm an den Tisch und bestellte ein Glas Riesling.

»Du fängst den Tag gut an«, sagte sein Partner spöttisch, »ich nehme an, dass du gerade aufgestanden bist. Warum hast du SIE nicht mitgebracht?«

Es war eine Anspielung ins Blaue, die Roman jedoch unter große Anspannung setzte. Sein Partner durfte auf keinen Fall wissen, bei wem er übernachtet hatte. Dieser bohrte aber weiter: »Lass mich raten, es war wieder eine dieser Medizinstudentinnen«, lachte er provozierend.

Er hatte Recht, nur eines konnte er nicht wissen. Von all den vielen jungen Frauen, die es in Marburg gab, war es genau die eine, die Anton selbst am besten kannte: seine ehemalige Freundin Sandrina. Dunkel schien er etwas zu ahnen, was er noch nicht einmal zu denken wagte: Seine Ex war in der letzten Nacht mit seinem Partner zusammen gewesen. Der Gedanke war so ungeheuerlich und abartig, dass sein Gehirn ihn verweigerte, noch bevor er ins Bewusstsein dringen konnte. Roman hätte jetzt das Thema wechseln sollen, aber mit aller künstlich aufgesetzten Gelassenheit fragte er scheinheilig, wobei er sich beinah auf die Lippen gebissen hätte:

»Wie geht es Sandrina? Was macht sie so?«

»Woher soll ich das wissen, aber ich trauer ihr sehr hinterher, das muss ich zugeben.«

»Für mich wart ihr immer ein perfektes Paar, eine Beziehung für die Ewigkeit«, spann Roman das verlogene Gespräch weiter.

»Ewigkeit?«, wiederholte Anton frustriert, »unsere Liebe hatte ihrer Meinung nach keine Substanz, womit sie unrecht hatte. Nur weil ich zwanzig Jahre älter bin als sie, fehlt doch nicht die Substanz, im Gegenteil, wir haben uns wunderbar ergänzt. Zuletzt hatte sie mir immer vorgehalten, dass ich in zehn Jahren auf die sechzig zugehen würde, das Alter eines Opas.«

Roman fiel ihm ins Wort:

»…das ist doch Blödsinn, du wirkst viel jünger als du bist. Ich habe übrigens heute schon gearbeitet und komme geradewegs aus meiner Vorlesung über Internetdesign. Das weißt Du doch, sie ist immer mittwochs.«

Anton hörte nicht mehr zu. Sobald er durch ein Gespräch oder eine Bemerkung an Sandrina erinnert wurde, litt er fürchterliche Qualen. Obwohl sie so viel jünger war als er, kam es ihm vor, als hätte man ihm die Mutter geraubt. Der Schmerz wühlte tief in seiner Brust.

»Es gibt eine ganz einfache Erklärung, warum wir immer diese jungen Freundinnen haben«, philosophierte Roman, der die Verzweiflung seines Gegenübers ignorierte, »es ist keine Frage eines ausgefallenen oder gar abartigen Geschmacks, sondern liegt an den Tausenden von gut aussehenden Studentinnen in unserer Stadt, über die man an jeder Ecke stolpert und die alle unter Dreißig sind. Du wirst wieder eine finden. Es gibt einfach zu viele davon.«

Anton wurde wütend:

»Ich sage dir, es ist krank wie du das siehst Partner, du willst nur deine intellektuelle Überlegenheit ausspielen. Bei einer reifen Frau kommst du überhaupt nicht zum Zug. Bei mir ist das anders. Sandrina war und ist meine große Liebe. Sie braucht noch etwas Zeit, dann wird sie zu mir zurückkommen.«

Roman winkte ab.

»Das ist reine Einbildung. Sie hat kein Interesse mehr an dir. Es tut mir leid, dass ich es dir so klar sagen muss: Such dir eine Neue!«

In diesem Moment hörte man einen weit entfernten dumpfen Schlag, gefolgt von einem dunklen Grollen.

»Hast Du das gehört? Ist ein Gewitter im Anmarsch?« Anton sah seinen Partner fragend an.

»Das hörte sich eher an wie eine Sprengung im Basaltsteinbruch, wenn er nicht zu weit weg wäre.«

Einen Moment lang spürte Roman eine eigenartige Unsicherheit, eine Art Schwindel. Der Stuhl, auf dem er saß, schien unter ihm weggezogen zu werden. Die Gläser tanzten auf dem Tisch, ohne umzufallen.

»Das war ein schwaches Erdbeben!«, rief Roman, »zum Glück sitzen wir hier auf festem, steinernen Untergrund, es würde mich nicht wundern, wenn die Menschen unten im Lahntal mehr davon mitbekommen hätten.«

Sie zahlten und machten sich auf den Weg zu ihrer kleinen gemeinsamen Firma, die sie »DataHiSec« genannt hatten und die in einer gemieteten Wohnung in der Oberstadt untergebracht war. Der Zweck dieses Unternehmens war die Entwicklung professioneller Internet Seiten für große Konzerne. Dazu gehörten nicht nur das ganze Erscheinungsbild im Netz, sondern auch Formulare für die Abwicklung von Bestellungen und Zahlungen. Ihre Spezialität waren Sicherheitsmechanismen zum Schutze der Kundendaten vor Hackern. In diesem Bereich hatten sie sich einen Namen gemacht und darin lag auch der Grund für ihren Erfolg. Das Geschäft lief gut, im laufenden Jahr hatten die beiden Partner ihre ersten Mitarbeiter eingestellt. Zusammen mit ihrer Halbtagssekretärin waren sie jetzt zu fünft.

Das Geld sprudelte nur so. Roman hatte sich von seinem Anteil am Überschuss ein Fachwerkhaus im zwanzig Kilometer entfernten Amöneburg gekauft, das einen kleinen Garten hatte und von dessen Dachfenster aus man das gesamte Amöneburger Becken bis hin zu den Lahnhöhen überblicken konnte.

Anton wohnte lieber in der Stadt. Er hatte eine Eigentumswohnung in der Oberstadt erworben, von der aus er die gemeinsamen Firmenräume in fünf Minuten zu Fuß erreichen konnte.

Eigentlich spielte es keine Rolle, von welchem Standort sich die beiden ins Internet einloggten. Es hätte am Nordkap oder in Neuseeland sein können. Da es in ihren Projekten klar definierte Schnittstellen gab, hätten sie ihre Arbeit auch machen können, wenn sie sich kaum gesehen hätten. Nur ihre Auftraggeber wollten sie an mindestens zwei Terminen treffen: bei der Besprechung eines neuen Auftrags und bei der Übergabe des fertig programmierten Projekts. An den Geldgebern lag es auch, weshalb sie überhaupt repräsentative Räumlichkeiten angemietet hatten. Manche der Neukunden wollten sehen, wie es bei ihnen »zu Hause« aussah, bevor sie einen Auftrag erteilten. Die Oberstadt Marburgs mit ihren vielen schön restaurierten Fachwerkhäusern war schon für sich allein genommen ein gutes Aushängeschild und trug mit ihrem romantischen Erscheinungsbild dazu bei, dass sich die Kunden wohl fühlten. Beim Mittagessen in einer uralten Studentenkneipe ließen sich Geschäfte leichter abschließen als am Bildtelefon.

Ein weiterer Erdstoß erfolgte, als Roman und Anton mit ihren zwei Mitarbeitern und der Sekretärin im Besprechungszimmer saßen, um die Kalkulation für einen neuen Auftrag zu besprechen. Die Schale mit Keksen fing plötzlich an, sich auf dem polierten Tisch zu bewegen, erreichte dessen Rand und fiel hinunter. Antons schnelle Reaktion zerdrückte lediglich das Gebäck in der Luft, während das Gefäß den Boden erreichte und dort zerplatzte. Alle sprangen auf, während Bücher und Ordner aus dem Wandregal rutschten und dumpf aufschlugen. Dann setzte sich der schwere Tisch in Bewegung, um kurz danach wieder stehen zu bleiben, während die Hängelampe über ihm wilde Schwingungen vollführte. Alle rannten auf die Straße, wo schon viele Menschen in Gruppen zusammen standen und fassungslos die Schäden betrachteten, die der kurze Erdstoß angerichtet hatte. Es war nicht viel passiert, einige alte Kamine und lockere Ziegel waren von den Dächern gestürzt und lagen überall herum. Von einem Fachwerkhaus am Markt war ein Teil eines Erkers abgebrochen und auf dem Pflaster zerschellt, ein Bild, um das sich in kurzer Zeit Fotografen drängten.

Noch am selben Abend berichtete das Fernsehen über das unerwartete Erdbeben der Stärke vier, das nur wenig Schaden angerichtet habe. Einige Personen seien durch herabfallende Ziegel leicht verletzt worden. Das Epizentrum habe am südöstlichen Rand des Amöneburger Beckens gelegen. In Amöneburg selbst habe es trotz der Nähe zum Epizentrum überhaupt keine Schäden gegeben.

Es war kurz nach Zehn und Roman schaltete nach den Nachrichten seinen Fernseher aus. Jetzt kam seine kreative Zeit. Er war ein Nachtarbeiter und ging oft erst um vier Uhr morgens ins Bett.

Seit dem Bestehen der Firma gab es zum ersten Mal Probleme mit einem Kunden, in dessen Datenbank ein Virus eingedrungen war, der Anwenderdaten mit den dazu gehörenden Passwörtern transferierte. Roman und Anton hatten die Datenbank nicht programmiert, ihr Auftraggeber behauptete aber, dass die Kundendaten schon bei der Eingabe über die Anwenderschnittstelle abgefangen würden. Es gab nur zwei Möglichkeiten, das Problem zu lösen: Entweder, Roman fand die Schwachstelle, egal wo sie sich befand, oder sie waren einen großen Kunden los, der vielleicht noch Schadensersatz fordern würde.

Es war nicht seine Nacht. Er konnte keinen Fehler finden und ging um zwei Uhr morgens zu Bett, nachdem er eine Flasche Rotwein geleert hatte, die sein Denkvermögen erst beflügelt und dann schwer beeinträchtigt hatte. Bei mangelnder Konzentration konnte es passieren, dass ein Programmierer beim Beseitigen eines Fehlers drei neue einbaute. Das Schreiben von Software erforderte immer die höchste Konzentration. In einem zerstreuten oder ermüdeten Zustand sollte man erst gar nicht damit anfangen. Das wusste Roman aus Erfahrung.

Es klingelte an der Tür. Es war ein zaghaftes und kurzes Signal, als traute sich jemand nicht so recht, hier einzutreten. Roman sprang mit einem Satz aus dem Bett und legte sich das Leintuch über die Schultern. Auf dem Weg zur Haustür schlug sein antiker Wiener Regulator halb ein Uhr nachmittags.

»Verdammt«, fluchte er, »schon wieder so spät!«

Die junge Frau vor der Tür stellte sich mit »Ich bin Helene« vor und erklärte kurz ihr Anliegen:

Roman habe das Haus ihrer ehemals besten Freundin Joanna gekauft, die vor zweieinhalb Jahren umgekommen sei. Damals sei etwas Wichtiges aus ihrem Nachlass verschwunden, von dem sie annehme, dass es noch irgendwo im Haus versteckt sei.

Da Roman in das Leintuch eingewickelt war, hatte er die Haustür nur einen Spalt weit geöffnet, damit aber nicht verhindern können, dass Helene einen Teil dieser merkwürdigen Erscheinung sehen konnte, die mehr Gespenst als Mensch war und die Besucherin zum Lachen brachte.

»Moment!«

In weniger als einer halben Minute hatte er Jeans, T-Shirt und Schuhe angezogen und war wieder zurück, um die junge Frau einzulassen.

»Wollen wir nicht in die Kneipe am Marktplatz gehen, dort können wir alles in Ruhe besprechen, bei mir ist es etwas unaufgeräumt. Ich bin ganz schockiert, von diesem Vorfall zu hören. Ist sie denn im Haus gestorben?«

»Nein.«

Helene stimmte dem Vorschlag mit der Kneipe zu, auch wenn dadurch ihr Ansinnen, Romans Haus zu durchsuchen, erst einmal durchkreuzt war. Wichtiger war, dass sie sich getraut hatte, den Kontakt mit ihm aufzunehmen, um dadurch vielleicht das kleine Notizbuch aus dem 19. Jahrhundert zu finden, das Joanna besessen hatte. Dieses Büchlein konnte Hinweise darüber enthalten, warum ihre Freundin so plötzlich gestorben war. Die letzten zweieinhalb Jahre hatte Helene die Ereignisse in dieser kalten Winternacht verdrängt. In letzter Zeit litt sie jedoch zunehmend an Albträumen, die den mysteriösen Erfrierungstod von Joanna betrafen.

Es war Mittagessenszeit und die Gäste des Restaurants saßen im Freien unter großen, viereckigen Sonnenschirmen. Das Regengebiet vom Vortag zog weiter und die Sonne zeigte sich immer häufiger in den Lücken der schnell ziehenden Wolkendecke. Zwischen den Tischen hüpften Spatzen, die auf die kleinen Kügelchen aus Weißbrot warteten, die ihnen von den Gästen hingeworfen wurden. Der ein oder andere der zahmen Vögel flatterte auch auf den Tisch, um Leckerbissen von den Tellern zu stehlen. Überall hatte der Wirt Gläser mit süßer Limonade aufgestellt, in denen dutzende Wespen ertrunken waren oder noch zappelten.

»Durch diese Maßnahme werden es nicht weniger«, sagte Roman und Helene antwortete spitzfindig: »Weniger schon, nur nicht spürbar weniger.«

Sie nahmen Platz und Roman musterte sein Gegenüber genauer. Die junge Frau hatte ihren Namen, der an die schöne Helena von Troja erinnerte, zu Recht. Sie trug eine kurze Hose, weißblaue Laufschuhe und ein T-Shirt, ein modischer Fetzen aus zu kurz geratenem Stoff, aber sicher die richtige Kleidung für diese warmen Tage Ende August.

Sie bestellten eine Kleinigkeit zum Essen und eine Flasche Wasser mit zwei Gläsern.

»Ich bezahl das, Sie sind eingeladen!«, gab sich Roman großzügig.

»Nein!, aber vielen Dank, ich will ja etwas von Ihnen.«

»Ich weiß, die Hausdurchsuchung. Vielleicht können wir das morgen machen, dann kann ich noch etwas aufräumen.«

»…und ohne mich nach dem Büchlein suchen«, fiel Helene ihm ins Wort.

»Ach, es ist ein Büchlein, das wusste ich noch gar nicht.«

»Wenn Sie etwas Zeit haben, erzähl ich ihnen die Geschichte dazu.«

»Okay, dann brauche ich nur noch einen Espresso.«

»Und ich einen Despresso.«

»Was ist das?«

»Ein Espresso mit einer Kugel Eiscreme.«

»Das nehme ich auch. Sie wohnen schon länger in Amöneburg, oder?«

»Stimmt, ich bin sogar hier geboren.«

Sie machte eine längere Pause und senkte dann ihre Stimme.

»Es ist absolut rätselhaft, was sich vor zweieinhalb Jahren hier abgespielt hat.«

»Was genau ist geschehen?«

»Joanna ist erfroren, einfach erfroren, nur zwei Gassen vom Haus entfernt.«

»Das verstehe ich nicht, entschuldigen Sie die Frage, war sie vielleicht betrunken?«

»Nein, sie ist einfach in einer eiskalten Nacht nach einem schrecklichen Albtraum aus dem Haus gerannt, nur mit einem Nachthemd bekleidet.«

»Dann war es Selbstmord.«

»Sicher nicht, sie hat immer wieder von einem Kapuzenmann erzählt, der sie angeblich verfolgte, schon Monate vor dem Ereignis. Er muss sie in dieser eiskalten Nacht auf die Straße gelockt haben.«

Roman schwieg. Die Geschichte war irgendwie unglaubwürdig. Andererseits lief ihm ein Schauer über den Rücken, wenn er daran dachte, dass er jetzt in Joannas Haus wohnte. Er nahm sich vor, mehr über die Umstände ihres Todes zu erfahren.

Eine Wespe umreiste Helenes Kopf, auf deren Lippen Reste der süßen Vanilleeiscreme hingen, die das Insekt anlockten. Roman nahm seine Serviette und verscheuchte das aufdringliche Tier durch Wedeln.

»Danke, stellen Sie sich vor, der Brummer hätte mich gestochen. Dann hätten Sie das Gift aussaugen müssen!«

»Ich denke nicht, es ist auch bekannt, dass es nichts bringt, eine Zwiebel auf der Einstichstelle wirkt dagegen Wunder.«

»Ich werde es mir merken.«

Roman konnte seine Fantasie nicht mehr zügeln und er stellte sich vor, wie er durch das Aussaugen des Gifts das Leben der jungen Frau rettete und sie ihm zu ewigem Dank verpflichtet sein würde.

Das Gespräch versiegte. Sie waren sich trotz der vorhergegangenen Unterhaltung plötzlich wieder sehr fremd.

»Wie war das nun mit Joanna, Ihrer Freundin?«

»Ich mag es nicht mehr erzählen.«

»Ich möchte es aber wissen, bevor wir nach dem Notizbuch suchen.«

»Das ist Erpressung.«

»Keinesfalls, nur Verantwortungsbewusstsein, es könnte ja vielleicht dramatische Folgen haben, wenn der Inhalt des Buchs bekannt würde.« Roman machte eine Pause.

»Entschuldigung, ich rede Mist.«

»Es ist schon Okay, ich erzähle Ihnen die Geschichte etwas gerafft.«

Helene bestellte noch einen Milchkaffee und berichtete:

»Joanna kam aus einer reichen Familie und studierte wie ich in Marburg. Daher kannten wir uns. Ihr Vater hatte das Fachwerkhaus gekauft, in dem sie wohnte, nachdem es aufwändig renoviert worden war. Irgendwann zog ihr Freund Matthias bei ihr ein und damit begann das Unglück. Er hatte Geologie studiert und promovierte in Marburg, kam aus armen Verhältnissen und hatte nur einen Traum: Einmal einen richtig wertvollen Fund zu machen: Gold, Diamanten, Rubine, Opale, egal was, er wollte nur mit einem Schlag reich werden. Politisch war er extrem, vereinfacht gesagt war er der Meinung, dass man den Reichen ihr Geld und Vermögen abnehmen und es an die Armen verteilen müsse – ein moderner Robin Hood. Ihm war vermutlich nicht klar, dass er genau das bekämpfte, was er selbst erreichen wollte. Dann verschwand er plötzlich. Joanna suchte nach ihm und schaltete sogar einen

71

Privatdetektiv ein. Wir nahmen auch Kontakt mit seinem Doktorvater auf, einem gewissen Lavatzki, Professor der Geologie aus Marburg. Schließlich stießen wir auf Matthias' Spur, ohne ihn jedoch ausfindig machen zu können. Vieles deutete aber darauf hin, dass er ganz in der Nähe sein musste.«

Sie erzählte weiter.

»Bei Mardorf befindet sich eine Erhebung, die den Namen ›Goldberg‹ hat. Hier wurde schon von den Kelten Gold abgebaut, lang vor unserer Zeitrechnung. 1880 war am Goldberg ein Schatz gefunden worden, weit über hundert keltische Goldmünzen. Matthias war der Meinung, dass es dort immer noch viel von dem gelben Metall geben müsse. Joanna vermutete, dass er das prähistorische Bergwerk der Kelten gefunden hatte, bevor er verschwand.«

Helene beendete ihren Monolog und versuchte, zwei Wespen zu verscheuchen, die immer wieder auf die Eiscremereste in ihrem leeren Becher herab stießen. Schließlich wurde es ihr zu dumm und sie stellte das Gedeck auf den Nachbartisch.

»Falls ich gestochen werde, müssen Sie saugen!«

Roman zuckte zusammen, ging aber nicht darauf ein. Er fühlte sich ertappt, weil sie seine Gedanken erraten hatte.

»Und was ist jetzt mit dem Notizbuch?«

»Das enthält eine Karte, in der die Lage der Mine eingezeichnet ist. Joanna und ich haben den Eingang zu dem alten Stollen schon einmal gesucht, aber nicht finden können.«

Helene stockte.

»So, das war genug zum Thema.«

»Warum denn? Gerade wird es richtig spannend. also weiter bitte!«

»Wir haben den Sand eines Bachs am Goldberg ausgewaschen und in Marburg analysiert. Kein Zweifel, es gibt dort Gold, aber auch ein anderes Schwermetall in wahrscheinlich größeren Mengen.«

»Was denn, um Gottes Willen?«

»Schluss jetzt, ich habe schon viel zu viel erzählt. Sobald ich das Notizbuch habe, erfahren Sie vielleicht mehr.«

Roman konnte Helene nicht dazu bewegen, weitere Einzelheiten preiszugeben. Sie vereinbarten, dass sie am nächsten Tag um die Mittagszeit wieder bei ihm vorbeikommen würde, um das Büchlein zu suchen.

6.

Professor Lavatzki vom Fachbereich Geografie, dessen Spezialgebiet die Geologie Hessens war und den seine Studenten nur »Geolocke« nannten, stand kurz vor seiner Emeritierung. Seinen Spitznamen hatte er von den Resten seines ehemals gewellten Haars, von dem manchmal eine Locke in die Stirn hing, auf die Bill Haley neidisch gewesen wäre. Das Haar des Professors war inzwischen ergraut, sodass manche ihn hämisch »Tante Geolocke« nannten, was den verdienstvollen Wissenschaftler fürchterlich ärgerte.

Er hatte in dem kleinen Ort Schweinsberg, nur wenige Kilometer von Amöneburg entfernt, ein Haus gemietet, da ihm Marburg, wo ihn nach jahrzehntelanger Lehrtätigkeit viele Leute kannten, zu hektisch geworden war. An freien Tagen machte er Spaziergänge entlang des Schweinsberger Moors. Dieses Naturschutzgebiet war zum größten Teil mit Schilf bedeckt. Für die Wasservögel hatte man jedoch einen See aufgestaut, der von Bewuchs frei gehalten wurde.

Der Professor, der erst seit eineinhalb Jahren in Schweinsberg wohnte, wunderte sich, dass dieses Vogelparadies nicht stärker von Enten, Gänsen, Teichhühnern und Schwänen angenommen wurde. Der Teich war groß, in seinem Wasser und der dicken Schlammschicht am Grund war sicherlich reichlich Nahrung zu finden. Im Schilf und Seggenried gab es viele Nistmöglichkeiten.

Auch heute war er wieder auf dem schmalen Pfad unterwegs, der auf dem Damm entlang führte, als ihm sein Nachbar entgegen kam.

»Guten Tag«, grüßte der Professor, »ich überlege schon die ganze Zeit, warum es auf dem Wasser so wenig Enten gibt. Außerdem schwimmen immer wieder tote Fische darauf herum. Haben Sie eine Idee, woher das kommen könnte?«

»Nein, ich wohne schon viele Jahre hier und früher gab es im Moor eine große Vielfalt an Wasservögeln. Im Frühjahr hatten wir oft ein gutes Dutzend Entenfamilien mit vielen Kücken. Vielleicht liegt es an dem komischen Geruch, warum sie nicht mehr kommen.«

Der Nachbar hatte Recht. Über dem kleinen Städtchen lag bei südwestlichen Windrichtungen oft ein stechend fauler Geruch, von dem man glaubte, dass er durch die auf den Feldern aufgebrachte Gülle der Landwirte verursacht würde.

»Die Naturschützer wollen herausgefunden haben, dass die Kücken von großen Raubfischen gefressen werden«, sagte der Nachbar, »ich kann mir das nicht vorstellen. Einen schönen Tag noch, ich muss weiter!«

Nachdenklich stand der Professor auf dem Damm und starrte auf die glatte Wasserfläche. Bläschen stiegen auf und zerplatzten an der Oberfläche. Auf dem Grund lagen große Mengen verfaulender Pflanzenreste. Dabei entwickelten sich Gase, die nach oben stiegen. Es war still und friedlich, nur ein Teichhuhn rief sein lautes »krük, krük«, ein Warnlaut vor drohender Gefahr. Der Professor wusste, dass das Moor ungefähr zehntausend Jahre alt war und in dieser Zeit eine vier Meter dicke Torfschicht gebildet hatte. Als Wissenschaftler und Geologe hatte ihn die erdgeschichtliche Entwicklung der Gegend besonders beschäftigt. Das Moor lag im Amöneburger Becken, einem alten Senkungsgebiet, das sich bis zu den Lahnhöhen hinzog und schon im Tertiär in viele Einzelschollen zerbrochen war. Eine dieser Schollen, die »Schweinsberger Depression« sackte besonders tief ab. Das ganze Becken war Teil einer Folge von Senken, die sich durch Mitteleuropa zogen, als Ergebnis der Auffaltung der Alpen durch die afrikanische Platte, die von Süden gegen die europäische Platte drückte. All diese Prozesse waren immer noch im vollen Gang. Als Professor der Geologie kannte er diese Vorgänge natürlich im Detail.

Ein lautes Gluckern ließ ihn erschrecken. Nur wenige Meter vor ihm wallte das Wasser, als würde es kochen, große Blasen stiegen auf, dann verbreitete sich ein beißender Geruch. »So muss die Hölle riechen«, dachte Lavatzki noch, bevor er zu laufen anfing. Nach wenigen Metern stolperte er und fiel hin, wobei er mit dem Kopf aufschlug und ohnmächtig wurde. Zum Glück hatte sich sein Nachbar genau in diesem Moment umgedreht und sofort Hilfe geholt. Als er mit einem anderen Spaziergänger schließlich an die Stelle kam, hatte sich der Professor wieder aufgerafft und stand schwankend auf dem schmalen Pfad. »Wir müssen sofort von hier weg«, stammelte er und zeigte auf die vielen Blasen, die im See aufstiegen, »hier entweichen giftige Gase.« Dann bekam er einen heftigen Hustenanfall. Den Helfern ging es ebenso, die Gase reizten ihre Lungen so sehr, dass sie zu husten anfingen und nicht mehr damit aufhören konnten. Sie nahmen Lavatzki in die Mitte, schleppten und zogen ihn vom See weg, wo die Luft wieder besser wurde.

»Danke für die Hilfe, das waren Schwefelgase. Ich will ja die Pferde nicht scheu machen, aber das riecht wie in einem Vulkanschlot. Zuletzt habe ich das am Stromboli in Italien gerochen.«

Sein Nachbar und der andere Mann lachten.

»Hier gibt es schon lange keine Vulkane mehr«, sagte der Nachbar, »soweit ich weiß, ist der letzte vor einigen Millionen Jahren erloschen.«

»Ich weiß, ich bin Geologe – trotzdem, man sollte der Sache einmal nachgehen. Ich habe in meinem Institut in Marburg geeignete Messgeräte, um Veränderungen in der Erdkruste messtechnisch zu erfassen.«

Er stutzte.

»Haben Sie das gerade bemerkt?«

»Was denn?«

»Der Boden schwankt, ich habe das Gefühl, auf einem Schiff zu stehen.«

»Haben Sie vielleicht Kreislaufprobleme, als Folge des Sturzes?«

»Jetzt merke ich es auch!«, schrie der andere Mann panisch, »das muss ein Erdbeben sein!«

Bis der Professor sein Haus erreicht hatte, waren die schwachen Erdstöße schon wieder abgeklungen. In seinem Vorgarten lag jedoch eine zerplatzte Schieferplatte, die vom Dach herunter gefallen war, wo sie zur Abdeckung des Kamins gedient hatte.

»Sie wird locker gewesen sein«, murmelte er. Nach mehreren kleinen Erdbeben in der Region machte er sich langsam Sorgen, dass bald ein größeres Ereignis stattfinden könnte. Er ging in sein Haus und legte sich auf das Sofa vor dem Kamin, nachdem er die blutende Stelle an seinem Kopf mit einem Pflaster versorgt hatte. Seine Gedanken schweiften zu Helene, die er länger nicht gesehen hatte. Er dachte oft an sie, wohl wissend, dass sie für ihn unerreichbar war.

Helene und Professor Lavatzki kannten sich gut. Vor zweieinhalb Jahren hatte der Forscher mit ihr und ihrer verstorbenen Freundin Joanna eine Exkursion am Goldberg durchgeführt. Sie hatten tatsächlich in einem Bach Goldflitterchen gefunden. Was der Professor jedoch später in seinem Institut im ausgewaschenen schwarzen Sand des Bachbetts nachweisen konnte, war eine Sensation. Die Probe enthielt größere Mengen grobkörnige Pechblende, ein radioaktives Uranerz. Joanna, Helene und Lavatzki hatten darüber diskutiert, was passieren würde, wenn es öffentlich bekannt würde. Die Gefahr, dass ein Unternehmen den Bodenschatz abbauen würde, mit katastrophalen Folgen für die ganze Gegend und Umwelt, war gering, um nicht zu sagen »gleich Null«. Im Osten Deutschlands gab es bedeutende Uranlagerstätten, die von der ehemaligen DDR ausgebeutet wurden, dem damals drittgrößten Uranproduzenten der Welt. Niemand würde in den heutigen Zeiten, in denen ein Atomkraftwerk nach dem anderen abgeschaltet wurde und keine Atombombenversuche mehr stattfanden, ausgerechnet am Goldberg nach neuen Aufschlüssen graben.

Trotzdem hatten Lavatzki und die beiden Frauen vereinbart, unbedingt Stillschweigen über den Fundort zu bewahren. Man konnte nie wissen.

Der Professor hatte im Moment nur wenig Kontakt zu Helene. Er beschränkte sich auf gelegentliche Telefongespräche und vier bis fünf Treffen im Jahr. Der Geologe fühlte sich sehr zu ihr hingezogen, auch wenn der Altersunterschied groß war. In den Tagen nach Joannas Tod waren sich beide nähergekommen, ohne dass er für sie mehr hätte sein können als ein »väterlicher Freund«. Noch bevor das Unglück passiert war, hatte sich Helene von ihrem Ehemann Armin getrennt und war zu ihrer Freundin gezogen. Inzwischen war sie geschieden und bewohnte eine preiswerte Wohnung in einem unrenovierten ehemaligen Tagelöhnerhaus in Amöneburg.

Ihr Interesse an Joannas verschwundenem Freund Matthias hatte mehrere Gründe. Einer davon war sicher, dass sie eine besondere Beziehung zu ihm gehabt hatte und ihn gerne wieder getroffen hätte. Sie hätte auch gerne gewusst, ob ihm der große Coup gelungen war, falls er überhaupt noch lebte.

Der Professor hielt schon seit mehreren Minuten das Telefon in der Hand und überlegte, ob er Helene anrufen sollte. Das letzte Gespräch lag über vier Wochen zurück. Es würde sicher nicht zu aufdringlich sein, sich wieder einmal zu melden.

»Hier ist Lavatzki.« Seine Stimme zitterte.

Sie antwortete mit ihrem unnachahmlich rollenden Akzent, den sie hatte, weil ihr Vater, ein ehemaliger G.I., aus Wyoming stammte.

»Ich habe es, ich habe es!«, schrie sie ins Telefon, dass dem Professor fast das Trommelfell platzte,

»welch ein Zufall, dass Sie gerade jetzt anrufen!«

»Was haben Sie, ist Ihnen etwas Wichtiges eingefallen?«

»Nein, nein, ich habe Joannas Mardorfer Notizbuch!«

Der Professor wusste von dem Heftchen, das Joanna einer alten Frau aus Mardorf abgekauft hatte. Es enthielt angeblich Hinweise auf die Lage der Goldmine der Kelten.

»Woher haben Sie es?«

»Ich kenne seit gestern den neuen Besitzer von Joannas ehemaligem Fachwerkhaus, er hat es im stillgelegten Kamin gefunden.«

»Oh, oh, seufzte der Professor, »dann weiß er sicher auch, was drin steht.«

»Wir müssen sofort besprechen, wie wir weiter vorgehen«, ihre Stimme wurde heiser vor Aufregung,

»Kann ich vorbeikommen?«

»Jetzt?«

»Ja jetzt!«

»Wie denn, haben Sie ein Auto?«

»Von einer Freundin geliehen.«

Lavatzki erklärte ihr, wie sie fahren müsse. Er war sehr aufgeregt, da sie noch nie bei ihm zu Hause gewesen war. Seine Wohnung war sauber und aufgeräumt, dank einer Haushaltshilfe, die einmal in der Woche kam.

Es dauerte keine Viertelstunde, bis Helene an die Tür klopfte. Sie umarmte ihn, dass es ihm schwindlig wurde. Ihre Wiedersehensfreude war echt. Der Geologieprofessor erinnerte sie an die letzten gemeinsamen Wochen mit Joanna.

»Ich bin gekommen, weil es immer noch viele offene Fragen gibt, die wir klären müssen, allen vorweg: Wo ist Matthias?«

Der Professor erinnerte sich: »Nach Joannas Tod hatten wir alle Nachforschungen eingestellt, es war so schrecklich, dass wir nichts mehr damit zu tun haben wollten. Natürlich hatten wir auch Angst vor dem Kapuzenmann.«

»…den nie jemand gesehen hat außer ihr«, ergänzte Helene. Sie entdeckte das Pflaster an seinem Kopf.

»Was haben Sie denn angestellt, Schlägerei gehabt?«

Helene grinste gemein.

»Ich habe gegen einen Drachen gekämpft.«

Sie lachten beide und nahmen auf dem Sofa vor dem Kamin Platz. Auf dem oberen Gesims stand eine französische Kaminuhr in der Form einer brennenden Ölkanne, deren Korpus brüniert war, während Flamme, Griff und Fuß vergoldet waren.

»Was für eine wunderbare Uhr«, schwärmte Helene.

»Kennen Sie sich aus mit antiken Uhren?«

»Nein, ich kann bestenfalls ein Barock- von einem Biedermeiermöbel unterscheiden.«

»Immerhin, die meisten meiner Gäste können nicht einmal das.«

»Welche Gäste haben Sie denn so?«

Der Professor fühlte sich bloßgestellt, da ihn zu Hause so gut wie niemand besuchte. Trotzdem antwortete er:

»Leute von der Uni halt, Studenten, Kollegen.«

»Keine Freundin?«

»Nein, im Moment nicht.«

»Sie haben ja mich«, scherzte sie.

Lavatzki wurde rot und lenkte das Gespräch auf den eigentlichen Grund des Treffens.

»Was haben Sie vor?«

»Wir machen da weiter, wo wir aufgehört haben, wir suchen die Mine und Matthias. Wenn wir eins von beiden gefunden haben, haben wir wahrscheinlich auch das andere und vice versa.«

Der Professor lachte über ihre Ausdrucksweise.

»Zeigen Sie mir bitte das Büchlein, ich kann mich nicht mehr so genau daran erinnern.«

Lavatzki las den Text auf der ersten Seite und studierte die Karte.

»Hier steht, dass der Stollen zugeschüttet wurde, weil die Bergarbeiter an einem hartnäckigen Husten starben. Es ist offensichtlich, dass schon im 19. Jahrhundert die Gefahr bekannt war, die von dem Bergwerk ausging. Heute wissen wir, dass das fortgesetzte Einatmen des Pechblendenstaubs zu Lungenkrebs führt.«

»Lesen Sie doch einmal den Text auf der zweiten Seite, neben der Karte!«, forderte ihn Helene auf.

Der Geologe las den Vierzeiler laut vor, der den Hinweis auf den Kapuzenmann enthielt.

»Das beweist, dass Joanna keine Hirngespinste gesehen hat, sie hat etwas beobachtet, was schon im 19. Jahrhundert beschrieben wurde«, grübelte der Professor, »es ist paradox!«

»Es ist unheimlich.« Helene begann zu zittern. Seit das Büchlein wieder aufgetaucht war, zogen die Erlebnisse von vor zweieinhalb Jahren wie ein Film an ihr vorbei. Sie hatte in jener kalten Winternacht bei Joanna übernachtet. Am nächsten Morgen war ihre Freundin verschwunden. Sie hatte die Polizei angerufen und erfahren, dass man sie nur zwei Gassen weiter erfroren gefunden habe, nur mit einem Nachthemd bekleidet. Die Untersuchung der Todesumstände hatte keine Hinweise auf Fremdeinwirkung gegeben.

»Sie muss verwirrt gewesen sein.«

»Da bin ich mir nicht sicher«, antwortete der Professor, »man hat sie vielleicht nach draußen gelockt und dann irgendwie betäubt.«

»Wer hätte denn so etwas tun sollen, sie hatte keine Feinde, als ihre beste Freundin hätte ich das gewusst.«

»Was ist mit Armin?«

»Erinnern Sie mich bitte nicht an den!«

Helene hatte damals ihren Ehemann Armin verlassen und war bei Joanna eingezogen. Armin machte Joanna dafür verantwortlich, dass seine Frau sich von ihm getrennt hatte. Sie sei von ihr aufgehetzt worden.

Dann gab es noch den Kapuzenmann, der, sieht man von einer übernatürlichen Erklärung ab, Joannas verschwundener Freund Matthias sein konnte. Für ihn konnte Joanna eine Mitwisserin gewesen sein, die er hatte beseitigen müssen.

Der Professor schüttelte den Kopf. Vor zwei Jahren hatte er so manche These durchgedacht, aber alle waren letztlich nicht beweisbar gewesen.

»Was ist los, träumen Sie?«

»Nein, je länger ich über den Tod Ihrer Freundin nachdenke, umso verwirrender wird alles.«

»Was sagt Ihnen die Karte?«

»Einen Moment bitte!«

Der Geologe scannte die Karte in seinen Computer und druckte sie in vierfacher Vergrößerung wieder aus.

»Mit ihrer Hilfe sollte man den Weg in den Berg zur Goldfundstelle finden können. Sehen Sie, da ist sogar der Bach eingezeichnet, an dem wir den Sand gewaschen haben. Nicht weit davon entfernt muss der Stollen sein.«

»Wann suchen wir danach?«

»Ich weiß nicht, ob ich mich mit dieser Angelegenheit überhaupt noch befassen will«, wehrte der Professor ab.

»Oh doch!, bitte!«

Lavatzki konnte ihr das nicht abschlagen.

»Okay!, ich würde sagen, wir suchen am nächsten Montag, da habe ich nachmittags Zeit.«

Helene hatte das Glas Rotwein, das der Professor ihr eingeschenkt hatte, vor lauter Aufregung in nur fünf Minuten in sich hinein geschüttet.

»Noch ein Glas?«

»Ja, gerne.«

Als sie zwei Stunden später aufbrechen wollte, merkte sie an ihrem schwankenden Gang, dass sie nicht mehr fahrtüchtig war. Außerdem hatte es wieder zu regnen begonnen, ein starker Landregen, der die Sicht beim Fahren erheblich einschränkte.

Der Professor wusste Rat.

»Ich habe ein kleines Gästezimmer im ersten Stock, Sie können dort übernachten. Ich habe auch einen Schlafanzug und eine Zahnbürste für Sie.«

Helene war zu betrunken, um noch darüber nachzudenken, ob sie einem Professor der Geologie trauen konnte. Ein komisches Gefühl blieb, als sie in dem fremden Bett lag. Innerhalb weniger Minuten war sie jedoch eingeschlafen.

Um halb sieben Uhr vormittags gab es einen gewaltigen Donner, der die junge Frau augenblicklich wach machte. Das ganze Haus schwankte. Sie rannte die Treppe hinunter, um auf die Straße zu gelangen. Der Professor kam aus seinem Schlafzimmer gewankt.

»Was is'n los? Was is'n los?«, lallte er, wer macht hier so einen Krach?«

Helene packte den schlaftrunkenen Mann am Ärmel und zog ihn auf die Straße, wo schon die ganze Nachbarschaft in Nachtgewändern im platschenden Regen stand.

Die Menschen waren aus dem Schlaf gerissen worden und völlig verschreckt. Dies war das bisher stärkste Beben, das die Region in den letzten Wochen erlebt hatte. Es war aber auch schnell wieder abgeklungen und hatte nicht einmal eine Minute gedauert. Die Angst der Dorfbewohner wich schnell der Erleichterung, es überstanden zu haben.

»Ihre Tochter?«, fragte der Nachbar, der ihm am Moor geholfen hatte.

»Nein, eine Bekannte.« Der Geologe stellte Helene vor, die pudelnass in seinem viel zu großen Schlafanzug auf der Straße stand.

»Die ist aber mindestens vierzig Jahre jünger als Sie«, grinste der Anwohner auf der gegenüber liegenden Straßenseite.

Jetzt schaltete sich Helene ein.

»Er ist mein Geologie Professor und sonst nichts, alles andere sind lächerliche Fantasien in Ihren Köpfen.«

Ein schallendes Gelächter ertönte und man hörte noch, wie jemand sagte:

»Wir sind wohl gerade im Nachtkurs über Erdbeben, jetzt weiß ich, woher diese Erschütterungen kommen.«

Wieder rumpelte die Erde heftig und sofort verstummten alle Gespräche und wichen der Angst vor dem rätselhaften Geschehen. Mitten hinein in die auf das Beben folgende Stille konnten alle ein schwaches Rauschen und Plätschern hören. Der Teich schwappte über die Dämme und das Wasser überschwemmte die niedrig gelegenen Häuser direkt am Moor. Kurz danach ertönte die Sirene, die Feuerwehr kam mit einem ohrenbetäubenden Heulen angefahren und pumpte die überfluteten Keller leer.

Die Bewohner der Gegend nahmen die kaum spürbaren und sehr seltenen Erdbeben nicht ernst. Die Experten waren sich einig, dass das ganze Gebiet rund um den Vogelsberg seit über zehn Millionen Jahren nicht mehr aktiv gewesen war. Die Vulkane waren längst erloschen und hatten eine dicke Basaltdecke hinterlassen aus der die Füllungen der alten Vulkanschlote als Basaltkegel ragten.

Auch in Südhessen, keine 150 Kilometer südlich, bebte die Erde in regelmäßigen Abständen, ohne dass es diese Beben nach anfänglicher Beachtung noch geschafft hätten, in die Zeitung oder Hessenschau zu kommen. Im Westen, kaum einhundertzwanzig Kilometer entfernt, lagen die Maare der Eifel, alles Vulkane, die noch bis vor zehntausend Jahren aktiv gewesen waren. In erdgeschichtlichen Maßstäben war ein solcher Zeitabschnitt äußerst kurz. Es konnte jederzeit wieder losgehen. Manche Forscher behaupteten sogar, in der Eifel läge eine gewaltige Magmablase, ähnlich der im Yellow Stone National Park in Nordamerika, ein Supervulkan, dessen Ausbruch das gesamte Leben in Mitteleuropa und darüber hinaus vernichten könnte. Wie nun, wenn sich diese Blase nach Hessen ausgedehnt hatte? Oder konnte es sein, dass an den Verwerfungslinien der »Schweinsberger Depression« Magma nach oben stieg?

Nachdem sie wieder ins Haus gegangen waren, konnte der Geologe keinen Schlaf mehr finden, während Helene noch bis um die Mittagszeit schlief. Er dachte darüber nach, welche Messgeräte er zur Verfügung hatte und wo er sie aufstellen musste, um den Schweinsberger Bereich genauer zu überwachen. Außerdem sollte der Katastrophenschutz in Bereitschaft gesetzt werden.

Die junge Frau kam schlaftrunken und voll angezogen die Treppe heruntergewankt.

»Kein Frühstück bitte, ich muss gehen!«

Sie klopfte dem Professor noch freundschaftlich auf die Schultern.

»Bis bald Geolocke.«

Dann war sie weg und er ärgerte sich, dass sie seinen Spitznamen verwendet hatte. Er ging in seinen Vorgarten und setzte sich auf eine Bank, die von einer Laube aus gelben Kletterrosen überspannt war, die jetzt im September verblüht waren. Trotzdem erfüllten die Ranken mit ihren großen Blättern immer noch ihren Dienst, die Bank zu beschatten. Wenn er hier saß, konnte er sich bei einem Espresso besonders gut konzentrieren. An dem kleinen Holztisch vor der Bank hatte er noch vor kurzem an neuen wissenschaftlichen Ideen zur Früherkennung von Vulkanausbrüchen gearbeitet. Der konzentrierte Fluss seiner Gedanken wurde nur manchmal durch SIE unterbrochen, Helene. Immer wieder musste er unvermittelt an sie denken. Es ärgerte ihn, dass er in die junge Frau verliebt war und nichts gegen seine Gefühle machen konnte. Sie ließen sich aber nicht einfach abschalten wie ein elektrischer Stromkreis.

7.

Als Professor Lavatzki am späten Nachmittag wieder in seinem Marburger Institut weilte, bekam er einen Anruf eines Staatssekretärs des Innenministeriums. Man mache sich wegen der Erdbeben im Raum Marburg große Sorgen und würde ihn bitten, ein Gutachten über die tektonischen Prozesse der Gegend anzufertigen. Vor allem müsse man wissen, ob der Bevölkerung Gefahr drohe. Den Katastrophenschutz habe man noch nicht alarmiert, man wolle keine Panik auslösen. Bei einem Notfall ständen aber genug freiwillige Helfer zur Verfügung. Wenn er Hilfe brauche, solle er sich an das Ministerium wenden.

Lavatzki erklärte sich dazu bereit, fügte aber noch hinzu, dass die Gegend um das Schweinsberger Moor sofort gesperrt werden müsse. Dort stiegen bereits giftige Schwefelgase auf. Wenn es irgendwo losginge, dann zuerst dort.

»Was verstehen sie unter ›losginge‹«, fragte der Staatssekretär irritiert.

»Ich wollte sagen, wenn einer der alten Vulkanschlote wieder aktiv würde. Ich halte das nicht mehr für ausgeschlossen. Damit könnte auch ein stärkeres Erdbeben verbunden sein.«

»Um Gottes Willen, Sie machen Witze!«

»Nein es ist kein Witz, in ein paar Tagen weiß ich mehr.«

Der Professor machte sich sofort an die Arbeit. Er war stolz, dass man sich an ihn gewandt hatte. Obwohl er jahrelang nichts mehr veröffentlicht hatte, war sein guter Ruf als Geologe und Vulkanologe ungebrochen. Die Leute kannten ihn auch aus Sendungen des hessischen Fernsehens. Im speziellen Fall der »Marburger Beben« war es natürlich von Vorteil, dass er in der betroffenen Gegend wohnte.

Als erste Maßnahme speicherte er die in Deutschland flächendeckend vorhandenen seismografischen Daten auf seiner Festplatte. Schon vor Jahren hatte er ein Programm geschrieben, das sie analysierte und Epizentren berechnete. Darüber hinaus benötigte er ein Gerät zur Bestimmung der Gase am Schweinsberger Moor, das er aus dem Fachbereich Chemie ausleihen konnte. Auf dem Damm würde er mit Hilfe eines Nivelliergerätes Höhenmessungen durchführen, um ein Anheben des Bodens zu erkennen.

Die Analysesoftware, die der Geologe benutzte, brachte nach nur dreißig Minuten ein Ergebnis: Die Epizentren der Marburger Beben der letzten Monate lagen wie an einer Perlenschnur aufgereiht, die das Amöneburger Becken mittig durchschnitt. Kein Zweifel, von hier kam die Bedrohung! Uralte Verwerfungslinien waren in Bewegung geraten.

Roman war mit Helene in einem Café in der Marburger Oberstadt verabredet. Nachdem er das alte Notizbuch in seinem Kamin gefunden hatte, war ihm sofort klar gewesen, dass es eine Art Schatzkarte sein musste. Da sowohl er, als auch Helene tagsüber meistens in Marburg waren, hatte er sich mit ihr verabredet, um mehr über das Büchlein und die damit verbundene Geschichte zu erfahren. Das war der offizielle Grund für das Treffen. Der andere war, dass er die schöne Helene mit ihrer für Wespen so anziehenden Haut, was sicher an ihrem Parfum lag, wiedersehen wollte.

Die Sonne schien wieder und die Besucher der Kneipen der Oberstadt saßen dicht gedrängt im Freien, um den schönen Spätsommer zu genießen. Die Lieferanten für die Geschäfte mussten ihre Autos mit eingeklappten Seitenspiegeln wie in einem Slalom durch die Stuhlreihen steuern, um keinen der Gäste oder Passanten zu überfahren.

»Ich helfe Ihnen auf der Suche nach dem Bergwerk, wenn es einen Schatz gibt, machen wir halbe-halbe«, grinste Roman.

»Es ist alles viel komplizierter!«

»Dann erzählen Sie doch endlich die ganze Geschichte!«

»Nein, aber wenn Sie möchten, können Sie mir bei der Suche helfen, es wird aber noch jemand mitkommen, ein Experte der Geologie, Professor Lavatzki. Ich habe am kommenden Montag einen Termin mit ihm vereinbart.«

Roman wäre lieber allein mit der jungen Frau durch das Unterholz des Mardorfer Goldbergs gestreift, sie bestand aber darauf, dass der Professor mitkäme.

»Er ist jetzt gerade in seinem Institut, wir können ihn besuchen.«

Der Geologie Professor war mit den Vorbereitungen für seine Messungen beschäftigt. Sein roter Kopf und seine fahrigen Bewegungen signalisierten Stress. Er nahm sich keine Zeit, seine beiden Besucher zu begrüßen, sondern packte weiter Umzugskisten.

»Sorry, ich muss dringend ein Gutachten über die Marburger Beben anfertigen«, sein Blick fiel auf Roman, »wer ist das?«

»Das ist Roman, der Mann, der jetzt in Joannas Haus wohnt und der das Notizbuch gefunden hat. Er könnte uns bei der Exkursion helfen, wenn etwas Schweres zu heben ist oder so.«

Der Professor lachte.

»Ich sage Ihnen, junger Mann, einen Schatz werden wir dort weder finden noch heben, höchstens einen einsturzgefährdeten Stollen. Außerdem habe ich im Moment keine Zeit, wir müssen das verschieben.«

»Es ist mir so wichtig«, sagte Helene mit weinerlicher Stimme, »schon wegen Joanna. Außerdem könnten wir eine Spur von Matthias finden.«

»Jetzt weinen Sie doch nicht«, lenkte Professor Lavatzki ein, »ich bin ohnehin die nächsten Tage rund um die Uhr in Schweinsberg, da könnten wir einen Abstecher zum Goldberg machen. Ich würde dann bei dieser Gelegenheit eine neue Messstation installieren. Je mehr Bereiche wir überwachen, umso besser.«

»Danke Professor, wir treffen uns also am Montag um vierzehn Uhr am Mardorfer Sportplatz.«

»Sie haben mich überzeugt«, lachte der Geologe, »also bis dann.«

Helene musste in ihre Vorlesung, Roman in seine Firma. Sein Partner Anton erwartete ihn schon. Er war wütend.

»Mit welcher Schnecke bist du denn schon wieder herumgezogen? Bist du mit dem Fehler in unserer Software weitergekommen?«

Roman war keinen Schritt weitergekommen. Das Problem war, dass er den Fehler schlecht simulieren konnte. Man musste den Zeitpunkt erwischen, wenn der Virus zuschlug. Roman hatte eine Fangschaltung programmiert, nur, der Virus war so schlau programmiert, dass er nicht in die Falle ging.

»Das Fatale ist«, sagte Anton, »dass die Kunden des Benutzers unserer Software jetzt Werbung von der Konkurrenz bekommen, der Super Gau! Und wir wissen immer noch nicht, wie die Daten bei dem Wettbewerber landen.«

»Ich könnte mir vorstellen, dass sie in die Datenbank eingebrochen sind, dann hat das mit unserer Software überhaupt nichts zu tun.«

»Verstehe doch, es ist eine Frage des Überlebens für unsere Firma, wir sind ausgeguckt und müssen den Fehler finden!«

Roman sah ein, was Anton sagte, nur konnte er sich im Moment nicht so richtig motivieren. Das Problem war, dass er ganz andere Dinge im Kopf hatte: Die schöne Helene und den Schatz der Kelten.

In diesem Moment geschah etwas, das Roman schon öfters erlebt hatte, im wachen Zustand als auch im Schlaf. Sein Gehirn, das er tagelang mit der Fehlersuche gequält hatte, arbeitete gewissermaßen im Hintergrund weiter – und fand den Fehler von ganz allein! Heureka! Glasklar stand die Lösung des Problems vor seinem inneren Auge. Er kannte den Fehler jetzt, obwohl er nicht einmal vor dem Computer saß.

Sofort eilte er zu einem der Terminals und loggte sich ein. Gespannt blickten ihm Anton und die Mitarbeiter über die Schulter. Roman öffnete die Source Datei und gab den Namen einer Routine ein.

»Hier passiert es! Hier werden die Daten vom Keyboard Treiber übergeben, während die Interrupt Flagge noch gesetzt ist.«

Er hatte Recht. Es gab ein Schlupfloch in ihrer Software und es dauerte nur wenige Minuten, es zu schließen. Alle waren danach in Hochstimmung und Anton holte eine Flasche Sekt aus dem Kühlschrank.

»Heute wird nichts mehr gearbeitet!«

Die Erleichterung war groß. Roman rief bei dem Kunden an und teilte ihm mit, dass der Fehler gefunden und beseitigt sei. Man werde morgen früh ein Update zum Download ins Netz stellen.

Nach der dritten Flasche Sekt waren die Mitarbeiter entsprechend angeheitert. Je mehr Alkohol Anton zu sich nahm, umso mehr verschlechterte sich jedoch seine Stimmung. Sein genialer Compagnon hatte wieder einmal ein kompliziertes Problem gelöst, an dem er selbst tagelang gearbeitet hatte, ohne den Fehler finden zu können.

»Ich wache manchmal nachts auf und habe die Lösung eines Problems geträumt«, versuchte Roman in seiner manchmal angeberischen Art, die beiden neuen Mitarbeiter noch mehr zu beeindrucken, »neben meinem Bett liegen immer ein Stift und ein Blatt Papier, damit ich nachts aufschreiben kann, was ich geträumt habe.«

Anton hatte noch nie ein Problem im Schlaf gelöst und ballte jetzt in seiner Hosentasche die Hand zur Faust.

»Erzähl nicht solchen Mist! Kein Mensch kann schlafend Softwareprobleme lösen!«

»Sei froh, dass ich es kann, sonst wären wir mit unserer Firma schon im Nirgendwo.«

Roman war sicher ein sehr guter Systemprogrammierer. Er brauchte aber auch ständig Anerkennung, was seinem Partner auf die Nerven gehen konnte.

Die Versammlung löste sich auf. Die Mitarbeiter von DataHiSec schlugen noch einmal ein und gingen dann ihrer Wege.

Roman rief Sandrina an, die er seit Tagen nicht mehr gesehen hatte und entschuldigte sich, dass er sich nicht gemeldet hatte. Da die Studentin im Moment viel Arbeit hatte, war es ihr überhaupt noch nicht aufgefallen. Sie habe aber gerade eine Stunde Zeit. Er könne vorbei kommen.

Sie wohnte in einem winzigen Zimmer, das keine zwei Meter hoch war. Das wäre für die meisten Besucher eine noch ausreichende »Lichte Weite« gewesen, wenn die Decke des alten Hauses nicht von glasharten Unterzügen aus Eichenholz getragen worden wäre, die den Abstand auf unter einen Meter achtzig verringerten. Wer da nicht aufpasste, schlug sich irgendwann den Kopf an. Um das zu vermeiden, setzte sich Roman auf Sandrinas Bett, das zwei Drittel der Grundfläche des Raums ausfüllte.

Die junge Frau stellte ein Teegedeck für zwei Personen auf einen kleinen Tisch am Bett. Nachdem sie den Tee überbrüht hatte, setzte sie sich zu Roman.

»Wie war dein Tag?«

»Ich war gerade bei Anton, er hat die Trennung von dir nicht überwunden, im Gegenteil, er steigert sich da in etwas hinein!«

»Ich weiß, er ruft mich ständig an, sendet anonyme SMS, die ich nur auf Grund ihres Inhalts zuordnen kann und droht mir sogar. Er hat mich auch schon verfolgt. Wenn er wüsste, dass wir beide uns treffen, würde er völlig ausrasten. Lassen wir das Thema, es macht mir Angst. Über was hast du heute in deiner Vorlesung gesprochen?«

»Ich habe über die Anker auf Internet Seiten referiert. Wir konnten es gleich im Labor testen, so hat es jeder verstanden, glaube ich.«

»Ich würde auch einmal gerne in deine Vorlesung kommen, du unterrichtest doch auch so allgemeine Prinzipien der Ästhetik, das interessiert mich.«

»Es ist ganz einfach: Teile alles im goldenen Schnitt! Spaß beiseite! Es geht auch um Fragestellungen, was auffallen soll und was weniger gut auffallen soll. Der Gesetzgeber hat Vorschriften erlassen, wie klein das so genannte Kleingedruckte sein darf. Es wäre für mich kein Problem, eine Seite so zu programmieren, dass jeder Besucher am Schluss eine Waschmaschine kaufen würde, oder einen Staubsauger.«

»Bei mir würde das nicht funktionieren.«

»Doch gerade bei dir, nur eine peinlich genaue Buchhalterseele würde bestehen.«

»Woher willst du wissen, dass ich das nicht bin, du kennst mich doch kaum?«

»Ich war aber mit dir im Bett und da warst du alles andere als ein kleinlicher Buchhalter.«

Sandrina packte ein Kissen und schlug damit auf Romans Kopf.

»You turkey!«, rief sie immer wieder, »you turkey!«

»Was soll das denn heißen?«

»Das heißt, dass du ein Truthahn bist, ein Gauner.«

»Woher kennst du einen solchen Begriff?«

»Ich war lange genug in Nordamerika.«

Sandrina kniete am Kopfende des Bettes auf der Matraze und blickte durch ein geöffnetes kleines Fenster hinaus auf die Straße. An ihrem Kopf vorbei flog eine Wespe in den Raum und dann zielstrebig zum Teezucker.

»Vorsicht, eine Wespe!«

»Kein Problem, ich habe eine Fliegenpatsche, wenn sie mich trotzdem sticht, musst du das Gift aussaugen.«

»Das würde ich nie machen, Pfui Teufel, Wespengift im Mund.«

Von Sandrinas wildem Gefuchtel mit dem Schläger wurde die Wespe aggressiv und griff an. Von ihrem Oberarm konnte Sandrina sie noch vertreiben, dann flog das Insekt wie ein Strich zu ihrem Hals und stach. Roman rannte sofort in die Küche der Wohngemeinschaft, wo er eine Zwiebel finden konnte. Er behandelte den Stich mit Zwiebelsaft und konnte so die Schwellung gering halten, auch wenn der Stich sehr schmerzte.

»Das tut vielleicht weh, oh Mann, Shit, jetzt saug schon das Gift raus!«

»Besser nicht, sonst saug ich ja auch den Zwiebelsaft weg!«

Zum Glück zeigte die Studentin keine allergischen Reaktionen. Sie blickte wieder zum Fenster hinaus auf den Steinweg und stellte fest, dass etwas nicht stimmte.

»Hilfe, da fällt alles um!«

Dann merkten sie, dass das Bett rutschte.

»Nichts wie raus!«, schrie Roman und packte ihre Hand.« Im Treppenhaus schwankte die historische Holztreppe, aber sie hielt. Der alte Putz fiel von den Wänden und zerplatzte auf den Treppenstufen. Sandrina und Roman kamen heil unten an und sprangen auf die Straße.

Das Beben hatte die Stärke vier, wie eine Stunde später im Fernsehen zu hören war.

Professor Lavatzkis antiker mechanischer Seismograf im Marburger Institut, der liebevoll gewartet wurde, schrieb auf seiner Trommel deutlich sichtbare Ausschläge. Kurz nach dem Beben rief der Staatssekretär bei dem Geologen an und schrie ins Telefon:

»Was ist denn schon wieder passiert, ich dachte, Sie arbeiten an dem Problem.« Er tat so, als könne Lavatzki die Ursache der sich anbahnenden Naturkatastrophe beseitigen.

»Wir müssen mit noch stärkeren Beben rechnen, wenn sich eine der alten Verwerfungen öffnet, wird vielleicht sogar irgendwo im Amöneburger Becken Magma durch die Erdkruste brechen.«

»Was heißt das jetzt wieder?«

»Das heißt, dass wir einen hübschen, kleinen Vulkan bekommen«, sagte der Professor sarkastisch.

»Das ist doch nicht wissenschaftlich belegbar, damit erzeugen Sie nur Panik, müssen wir jetzt die ganze Gegend evakuieren?«

»Geben Sie mir noch einige Tage Zeit, dann wissen wir mehr.«

Nach dem Telefonat ging es Lavatzki richtig schlecht. Er hätte die Verantwortung gerne wieder abgegeben. Man konnte zum jetzigen Zeitpunkt nicht sicher vorhersagen, was passieren würde. An den anderen Universitäten Hessens gab es auch fähige Geologen, die jünger als er waren und besser ausgerüstet. Sollten die doch vorhersagen, was so nicht eintreffen würde.

8.

Der Zugang zum Schweinsberger Moor war inzwischen gesperrt und wurde von Polizisten und Feuerwehrleuten mit Atemschutzmasken bewacht. Der Professor fuhr mit seinem Auto bis auf den kleinen Parkplatz und lud seine Geräte aus. Sofort war er von Kamerateams umringt, die seine Geräte filmten, ihm Mikrofone hinhielten und Fragen stellten. Lavatzki entschied sich dafür, nichts sagende Antworten zu geben. Er versuchte, die ganze Angelegenheit herunterzuspielen und merkte beim Sprechen, wie unglaubwürdig er klang. Zum Glück konnten ihm die Kamerateams nicht hinter die Absperrung folgen, dachte er. Dann stieg eine Quadrocopter Drohne auf und flog dicht über die Wasserfläche, worauf einer der Polizisten völlig unangemessen einen Schuss auf sie abfeuerte, der zwar sein Ziel verfehlte, aber nicht seine Wirkung. Die Drohne verschwand wieder, hatte aber zuvor noch filmen können, dass viele tote Fische und Wasservögel auf der Oberfläche des Sees trieben.

Professor Lavatzki setzte seine Atemschutzmaske auf und begann sofort mit der Installation eines hochgenauen Winkelmessgeräts auf dem Damm, das er auf die Spitze des Kirchturms der Amöneburg ausrichtete. Eine Messung der Gaskonzentrationen direkt über dem See bestätigte, was man riechen konnte. Der Geologe konnte Schwefeldioxid, Salz- und Fluss-Säure nachweisen, eine gefährliche Mischung. Hier durfte man sich nicht lange aufhalten. Im Moment blies der Wind schwach aus Westen, trieb also die giftige Wolke von Schweinsberg weg. Trotzdem forderte ein Wagen der Feuerwehr über Lautsprecher dazu auf, die Fenster geschlossen zu halten.

Nach dem Mittagessen, das Lavatzki in seinem Haus einnahm, es gab einen polnischen Rindereintopf aus der Dose, fuhr er nach Mardorf, wo er am Sportplatz wie vereinbart Helene und Roman traf. Er hatte in seinem Rucksack etwas Werkzeug mitgenommen, um Proben nehmen zu können. Wie vor zwei Jahren wählten sie wieder den steil ansteigenden Weg in den Wald, der irgendwann von dem Bach geschnitten wurde.

»Hier haben wir damals den Sand im Bachbett gewaschen.«

Helene bückte sich und ließ das Wasser des Bachs durch ihre Finger gleiten.

»Ich muss an Joanna denken. Auch hier hat sie den Kapuzenmann gesehen«, flüsterte sie, »ich habe Angst!«

»Es stimmt«, sagte der Professor, »ich erinnere mich«, er dachte kurz nach und studierte die Karte, »der Zugang zur Mine muss an der Kreuzung von Bach und Weg sein, da gibt es keinen Zweifel, ich wette, er ist hinter dem Holzstoß, der hier noch immer so unauffällig steht wie vor zwei Jahren.«

»Wie wollen wir die schweren Baustämme bewegen?«, fragte Helene.

»Es wird einen Mechanismus geben, irgendetwas Pneumatisches, das die Stämme hebt oder verschiebt.«
In diesem Moment ging ein Ruck durch das gestapelte Holz. Roman hatte kniend den Boden untersucht und im Graben einen Hebel in der Form eines alten Astes

gefunden. Als er daran zog, öffnete sich der Eingang zum Schacht. Wie auf Schienen glitt der Holzstoß zur Seite. Sofort konnte man sehen, dass in einem mit frischen Kanthölzern reparierten Stollen moderne Technik eingebaut war. Einige Meter tief im Berg stand ein Stromaggregat mit Batterien. Nachdem es von Roman eingeschaltet worden war, ging die Lichterkette an der Decke des Gangs an und eröffnete den Blick in das Innere des Berges. Der Einblick war so überwältigend, dass alle zunächst mit einem »Oh« zurück wichen.

»Was machen wir jetzt?«, grübelte Helene.

»Ganz einfach, Sie bleiben hier am Eingang und ich gehe mit dem Professor in den Berg, wenn wir in einer Stunde noch nicht zurück sind, rufen Sie die Polizei an!«

»Ich soll hier eine Stunde warten, nein danke, was soll ich sagen, wenn ein Wanderer oder Pilzsammler vorbei kommt?«

»Wir verschließen den Eingang, solange wir in der Mine sind, der Hebel draußen sitzt auf einer Verlängerung, die in den Stollen hinein ragt, damit kann man den Mechanismus ebenfalls in Gang setzen. Vorsicht, ich drücke!«

Langsam fuhr der Holzstoß vor die Öffnung und verschloss sie. Der Professor wurde ernst.

»Erinnern Sie sich noch an die Morde, die vor zwei Jahren am Goldberg geschehen sind und nie geklärt wurden? Das waren sicher harmlose Pilzsucher oder Mineraliensammler, die das Pech hatten, den Eingang gesehen zu haben. Vielleicht waren sie auch zu neugierig.«

»Wie wir«, sagte Helene.

Man hörte ein ziemlich lautes Summen.

»Hier ist eine Wespe mit herein gekommen, Hilfe!, wir müssen den Stollen noch einmal öffnen.«

Inzwischen krabbelte das Tier aufgeregt auf einem alten Balken herum.

»Töte sie!«, forderte Helene Roman auf, der mit einem Rindenstück ausholte und zuschlug. Das Insekt rührte sich nicht mehr.

»Okay, wir gehen jetzt in den Berg, wenn etwas Verdächtiges passieren sollte, dann rufen Sie laut.«

»Das ist gemein, eine Frau allein zurückzulassen.« Helene setzte sich auf den nächst gelegenen Balken und auf die dort immer noch liegende Wespe, die sofort stach. Sie schrie wie am Spieß und hüpfte im Kreis.

»Aua, aua…«

»Wo hat sie gestochen?«

»Von unten in den Oberschenkel, wohin sonst, saugen Sie sofort das Gift aus, schnell, es fängt an, bestialisch weh zu tun!«

Die Stelle sah bereits böse aus. In kürzester Zeit hatte sich ein breiter, roter Hof gebildet. Roman entfernte erst den Stachel mit Hilfe der Pinzette seines Schweizer Messers und saugte danach das Gift aus dem Einstichkanal. Immer wieder setzte er an und spuckte das Ergebnis seiner Saugtätigkeit auf den Boden.

»Es ist gut jetzt. Ich glaube, es hat geholfen. Ich danke Ihnen! Sie dürfen auch ab sofort ›Du‹ zu mir sagen«. Roman schüttelte die Hand, die sich ihm entgegenstreckte.

Sie setzte sich wieder auf den Balken, während die beiden ungleichen Männer sich auf den Weg in den Berg machten.

»Das ist Risiko pur«, sagte Roman mit belegter Stimme, »im Moment muss man mit Erdbeben rechnen, da könnten diese alten Holzkonstruktionen einstürzen, die den Stollen abstützen.«

»Wer immer dieses Bergwerk im Moment benutzt, hat es fachmännisch ausgebessert. Sehen Sie nur die neuen Kanthölzer, die eingebaut wurden. Hier waren Profis am Werk.«

Es ging tiefer und tiefer in den Goldberg hinein, wobei der Weg leicht abfiel. Es wurde auch spürbar wärmer. Dann kamen sie zu einer Stelle, von der ein völlig neuer Schacht abzweigte, für den sie sich entschieden. Es dauerte nicht mehr lang und sie standen vor einer Wand aus schwarzem Gestein. Hier lagen auch Werkzeuge und ein Presslufthammer mit Kompressor. Mehrere Schubkarren lehnten an den Seitenwänden. Der Geologieprofessor schluckte.

»Hier baut jemand Pechblende ab.«

»Was?«, rief Roman aufgeregt.

»Pechblende, ein Uranerz. Und wie es aussieht, kommt das Material hier in größeren Mengen vor. Sehen Sie nur die wunderbaren fettig schwarzen Kristalle, die sind bei Sammlern extrem begehrt.«

Lavatzki zückte seinen Geologenhammer, zog Handschuhe und eine Atemschutzmaske an und schlug Stücke aus dem Gestein, die er in Plastiktüten steckte. Er entnahm Proben von der ganzen Wand und verstaute sie in seinem Rucksack. Er war in seinem Glück und murmelte immer wieder »welch wunderschöne Stufen«.

Roman brauchte einen Moment, um seine Sprache wiederzufinden.

»Uran?, das ist wohl ein Witz, viel Uran werden diese Steine hier wohl nicht enthalten.«

»Doch und das ist genau das Problem. Pechblende enthält über 85 Prozent Uran. Wer diese Fundstelle hier ausbeutet, hat genug Uran, um theoretisch seine eigene Atombombe zu bauen.«

Lavatzki lachte irr.

»Keine Angst, die Technologie dazu ist sehr kompliziert. «

»Aber nicht zu kompliziert für irgendwelche Schurken Staaten.«

»Wir müssen zurück!«

Roman machte noch mehrere Aufnahmen der mit dicken, schwarzen Adern durchzogenen Wand, dann machten sie sich auf den Rückweg. Als sie an der Abzweigung vorbeikamen, schlug Roman vor, auch den anderen Gang zu untersuchen.

»Heute nicht mehr, wir sollten uns der Strahlung nicht zu lange aussetzen«, gab Lavatzki zu bedenken.

»Das könnte der Stollen zur historischen Goldmine sein«.

»Ich weiß nicht, was das hier ist«, sagte der Professor, als sie den Ausgang wieder erreicht hatten, »es sieht aber sehr danach aus, als ob hier Uran von Amateuren abgebaut wird. Mit der radioaktiven Pechblende allein könnte man Verwirrung stiften, ganz zu schweigen, wenn man die Technologie hätte, Uranhexafluorid zu erzeugen und anzureichern.«

»Was heißt ›Verwirrung stiften‹«?, fragte Helene.

»Es heißt nichts«, sagte Lavatzki unwirsch, »meine Fantasie ist zu lebhaft.«

»Jetzt sagen Sie schon.«

»Terroristen könnten die Pechblende zu Staub mahlen und zum Beispiel über die Lüftungsanlage in einem Einkaufszentrum verstreuen. Es wäre nicht wirklich gefährlich, hätte aber eine enorme psychologische Wirkung. Lasst uns jetzt den Schacht wieder verschließen, ich glaube, dass es sehr ungesund wäre, wenn wir hier erwischt würden.«

»… ›ungesund‹«, lachte Helene hysterisch.

»Was macht Dein Wespenstich?«, fragte Roman besorgt.

»Er ist Okay, keine Schwellung. Du hast gut gesaugt, nochmals danke, es juckt nur wie verrückt.«

»Soll ich kratzen?«

»Nein, vielen Dank, fass mich bitte nicht mit deinen verseuchten Pechblende Fingern an!«

Es war dämmrig im Wald und die drei beeilten sich, von der Mine und dem sie verschließenden Holzstoß wegzukommen. Da sie einen großen Redebedarf hatten, beschlossen sie, sich gleich noch in Romans Haus zusammen zu setzen.

Als sie wieder am Sportplatz waren, löste sich aus dem Schatten des Unterholzes am Waldrand eine dürre Gestalt in einem Kapuzenumhang, schwebte den Wirtschaftsweg hinauf und bewegte sich dann Richtung Bergwerksschacht, wo sie verschwand.

Roman war auf plötzliche Besuche gut vorbereitet. Sein Wohnzimmer war zwar unaufgeräumt, im Kühlschrank bewahrte er jedoch eine Sammlung von Säften und alkoholischen Getränken auf. In einer Gefriertruhe lagerten Brötchen, Käse und Wurst. Im stillgelegten Kamin, in dem das Notizbuch versteckt gewesen war, hatte er eine indirekte Beleuchtung installiert, die den Raum in ein weiches Licht tauchte.

Helene sagte kein Wort. Die Erinnerung an Joanna war zu mächtig. Hier hatten sie vor zweieinhalb Jahren mit dem Professor gesessen und die weitere Vorgehensweise besprochen.

»Hat nicht Joannas Privatdetektiv gewusst, wo sich ihr Freund Matthias vor zweieinhalb Jahren aufhielt«, wandte sich der Professor jetzt an die junge Frau, die nach einem Niesanfall ihre Nase putzte.

»Das Uran kribbelt schon, wie war die Frage? Warten Sie, ja, er hatte eine Spur von ihm gefunden, in der Nähe der Stadt Siegen sollte er in einem offengelassenen Steinbruch angeblich ein keltisches Schaubergwerk betreiben, eine touristische Attraktion. Sicher war das nur Tarnung!«

»Stimmt, ich erinnere mich, nach Joannas Tod haben wir das alles nicht weiter verfolgt.«

»Was habt ihr jetzt vor?«, fragte Roman.

»Das Wichtigste ist, wie bisher absolutes Stillschweigen zu bewahren! Nur wir drei, außer den, ich nenne sie mal ›Terroristen‹, kennen die Uranmine und so soll es bleiben, bis wir ganz genau wissen, was diese Leute vorhaben.«

»Wir wissen nicht, ob es wirklich Terroristen sind, von ›Green Peace‹ werden sie wohl nicht sein«, scherzte der Professor.

Roman deckte den Tisch mit dem Meissner Porzellan, das ihm sein Oma vermacht hatte und überbrühte eine ganze Kanne Tee.

»Jetzt geht es aber los«, rief Lavatzki, der sich mit Porzellan auskannte, »da dürfen wir nichts fallen lassen.«

»Warum denn«, fragte Helene verunsichert, »ist es so teuer?«

»Wenn Sie die Kanne auf den Boden werfen – fünfhundert Euro!«

»Dann will ich eine ganz normale Tasse!«

»Ich habe ein Picknickgeschirr mit Plastiktassen, auf denen Vögel abgebildet sind, wäre das was?«

»Ja, die nehme ich!«

Helene bekam die Picknick Tasse mit Rotkehlchen und Roman musste ihr einschenken, weil sie sich weigerte, die Meissen Kanne in die Hand zu nehmen.

»Was summt denn da so durchdringend?«

»Hilfe!«, schrie Helene, »eine Hornisse!«

»Quatsch, das ist eine ganz normale Wespe. Die muss mit uns zusammen in die Wohnung gekommen sein.«

»Sie ist ja riesig, schlag sie tot Roman!«

»Besser nicht, wenn ich sie nicht richtig treffe, wird sie wild und sticht.«

Roman öffnete ein Fenster und das Insekt suchte das Weite.

»Seht ihr, so einfach ist das.«

»Wie gehen wir nun vor in der Angelegenheit Goldbergwerk?«, fragte Roman in die Runde.

»Leider habe ich im Moment überhaupt keine Zeit, ich muss wegen der Erdbeben ein Gutachten für die Landesregierung erstellen und habe ein ganz dummes Gefühl. Eine Naturkatastrophe unbekannten Ausmaßes könnte auf uns zu kommen.«

»Was könnte das sein?«, fragte Helene.

»Eine unterirdische Explosion oder ein größerer Ausbruch. Vielleicht geht auch eine bisher unbekannte Magma Blase hoch, dann können wir hier alle unser Testament machen.«

»Hier in unserer Gegend?« Roman lachte. »Das ist wohl ein Witz.«

»Leider nein, ich hätte im Gestein des Goldbergs auch kein Uranerz erwartet, hier haben sich erdgeschichtlich komplexe Vorgänge abgespielt. Zu dem drohenden Durchbruch von Magma zur Erdoberfläche habe ich übrigens bereits eine Theorie.«

Von Helene und Roman ertönte es wie aus einem Mund: »Welche?«

Der Professor fuhr fort:

»Das ganze Problem ist möglicherweise vom Menschen gemacht. In Mittelhessen werden Jahr für Jahr Millionen Tonnen Basalt abgebaut. Durch die gewaltigen punktförmigen Entlastungen über Jahrzehnte hinweg haben sich uralte Gleichgewichte und Verwerfungslinien verschoben. In den so entstandenen Zwischenräumen und Spalten steigt jetzt Magma nach oben.«

»Und wo wird das Magma zuerst aus der Erde kommen?«

»Mein Tipp ist Schweinsberg, an seinem tiefsten Punkt, irgendwo im oder am Moor. Wir werden es bald wissen.«

»Oh Gott!« Helene seufzte tief. »Was passiert dann mit den Menschen und ihren Häusern? Sie wohnen doch auch in der Nähe des Moors.«

Der Professor fuhr fort:

»Sollte das wirklich passieren, werden Vulkanologen und Kamerateams aus der ganzen Welt zu diesem neuen Vulkan pilgern, um sein Verhalten zu studieren. Die Einheimischen müssten evakuiert werden. Es gibt übrigens einen berühmten Fall aus dem Jahr 1943, als auch aus dem ›Nichts‹ ein Vulkan in Mexiko entstanden ist.«

»Erzählen Sie!«

Helene und Roman saßen mit hoch roten Köpfen am Tisch und nippten nervös an ihren Tassen.

»Ein mexikanischer Bauer bemerkte beim Pflügen seines Ackers eine Spalte im Boden, aus der Rauch aufstieg. Im Laufe der nächsten Tage entstanden weitere Risse bis schließlich glühendes Gestein herausgeschleudert wurde. Ein Vulkankegel bildete sich, der nach weiteren zwei Tagen bereits 50 Meter hoch war! Nach neun Jahren war der Vulkan auf eine Höhe von 450 Metern angewachsen und bekam den Namen Paricutín. Dann erlosch er wieder. Er ist seitdem nicht wieder ausgebrochen.«

»Das kann man gar nicht glauben, ich habe das noch nie gehört«, warf Roman ein.

»Es stimmt aber, allerdings lag die Stelle auf dem sehr aktiven pazifischen Feuerring, dagegen ist das Amöneburger Becken eine ›tote Hose‹.«

»… was sich im Moment zu ändern scheint«, ergänzte Helene.

»Ich muss mich leider verabschieden«, entschuldigte sich Professor Lavatzki, »mein Gutachten muss morgen Vormittag fertig sein und ich habe meine Messgeräte noch nicht abgelesen. Wir halten telefonisch Kontakt und noch einmal: Niemandem von der Uranmine erzählen!« Er zwinkerte. »Außerdem wollen wir vielleicht noch den keltischen Goldschatz finden.«

Helene kam es komisch vor, dass sie, nachdem der Geologie Professor gegangen war, mit Roman allein in seinem Haus war und sie erfand einen Vorwand, weswegen sie ebenfalls nach Hause müsse. Als sie auf der Straße stand, ärgerte sie sich über sich selbst. Roman war ein geheimnisvoller, intelligenter Mann, den sie gerne näher kennen gelernt hätte. Sie wollte ihm auch gerne alles über die Vorkommnisse um den Goldberg von vor zweieinhalb Jahren erzählen und war neugierig, wie er darauf reagieren und welche Schlussfolgerungen er ziehen würde.

Man merkte deutlich, dass es Herbst wurde. Die Luft war feucht und das große Thermometer an der Fassade von Romans Haus zeigte weniger als zehn Grad. Im Amöneburger Becken stiegen dichte Nebel auf.

Rund herum um den »Berg« hatte sich kilometerweit alles zu gezogen, nur der Ort Amöneburg blieb nebelfrei.

Helene brauchte drei Minuten bis zu ihrer Wohnung. Plötzlich hatte sie das Gefühl, verfolgt zu werden. Sie drehte sich um, konnte aber niemanden sehen und begann zu laufen. In ihrer Wohnung angekommen, verschloss sie mit zittrigen Fingern hastig die Eingangstüre. Sie ging zum Fenster und blickte die Gasse entlang, auf der sie gerade gekommen war. Am Ende der schmalen Straße stand der Kapuzenmann und blickte zu ihr herüber. Sie merkte, wie sich seine im Schatten der Kapuze liegenden stechenden Augen in ihre bohrten. Ihre anfängliche Angst vor der schwarzen Figur verwandelte sich jedoch in diesem Moment in Trotz. Das konnte Matthias sein, aber auch ein Bote aus einer anderen Welt. Sie, Helene, würde er nicht herauslocken können wie einst Joanna. Sie würde ihm eine Falle stellen. Wie ein Tier würde sie ihn fangen! Das nahm sie sich in diesem Moment vor – ohne zu wissen wer er war!

9.

Heute war für Lavatzki ein wichtiger Tag. Er musste sein Gutachten fertig stellen und dem Innenministerium übergeben. Die ganze Nacht hindurch hatte er daran gearbeitet. Seine Gedanken waren um seine These gekreist, um Annahmen, die er nicht beweisen konnte. Es ging nicht darum, ob seine Schlussfolgerungen richtig oder falsch waren, sondern um die Konsequenzen. Allein die Evakuierung Schweinsbergs und die tage- oder sogar wochenlange Unterbringung seiner Bewohner in Notquartieren könnte teuer werden.

Seine Nerven waren angespannt wie lange nicht mehr. Schon früh begab er sich zum Moor, um seine Messwerte abzulesen, musste aber feststellen, dass die Absperrungen etwa hundert Meter von den Dämmen weggerückt worden waren. Die Straße zwischen Niederofleiden und Schweinsberg war voll gesperrt. Trotz Atemschutzmasken bekamen die Polizisten und Feuerwehrleute immer wieder fürchterliche Hustenanfälle. Sie versuchten den Professor am Weitergehen zu hindern, dieser war aber unbeirrbar.

»Ich muss zu meinen Messgeräten.«

Als er den Damm betrat, bot sich ihm ein unglaubliches Bild. Der See war verschwunden. Stattdessen spritzten alle zwanzig Minuten heiße Wasser- und Schlammfontänen aus mehreren Spalten. Der Professor überprüfte sein Nivelliergerät und stellte fest, dass es nicht mehr auf den Kirchturm zeigte. Bei der Umrechnung der vertikalen Winkelabweichung in Höhenmeter ergab sich, dass sich der Boden gegenüber dem Vortag um fast einen Meter angehoben hatte. Das war außergewöhnlich. Offensichtlich drückte aufsteigendes Magma gegen die Erdkruste. Auch die Gaskonzentrationen waren viel höher als am Tag zuvor. Aus der Menge und Zusammensetzung der Gase konnte der Professor Rückschlüsse über den Zustand des Magmas ziehen.

Eines war klar: Schweinsberg musste sofort evakuiert werden. Der Professor wollte nicht mehr warten, bis sein Gutachten in Wiesbaden war und rief von seinem Haus den Staatssekretär an.

»Wissen Sie was das kostet?, tausendzweihundert Menschen zu evakuieren, warten Sie, ich gebe Ihnen den Innenminister.«

Die nächste Frage kam freundlich, aber sehr bestimmt.

»Wollen Sie eine Panik auslösen? Wo sollen wir mit den Schweinsbergern hin? Unsere Notunterkünfte sind durch die vielen Flüchtlinge im Moment alle belegt.«

Lavatzki holte tief Luft.

»Ich kann nur beurteilen, was ich gesehen, gemessen und gerochen habe. Wir stehen vor einem Vulkanausbruch, besser gesagt, vor der Entstehung eines neuen Vulkans!«

»Sie sind doch völlig übergeschnappt. Kommen Sie bitte noch heute so schnell wie möglich nach Wiesbaden. Oder warten Sie! Wir stellen einen Krisenstab zusammen und kommen mit dem Hubschrauber zu Ihnen. Es wird auch ein Experte der Geologie aus

Frankfurt mitfliegen, mit dem ich letzte Woche schon telefoniert habe, Professor Magnus, kennen Sie ihn?«

»Ja natürlich, wir kennen uns gut von verschiedenen Symposien.«

»Gut, dann bleiben Sie bitte vor Ort, bis wir da sind!«

»Zufällig wohne ich hier und noch etwas: Bringen Sie bitte unbedingt Atemschutzmasken und Schutzhelme mit!«

»Warum Schutzhelme?«

»Es könnte glühende Steine regnen.«

»Lassen Sie diesen Unfug!«

Das Telefongespräch mit dem Minister war beendet. Dem Professor blieb noch genügend Zeit für eine populärwissenschaftlich gehaltene Zusammenfassung seines Gutachtens, die er den Mitgliedern des Krisenstabs in die Hand drücken konnte.

Es dauerte vier Stunden, bis das Tuckern eines Hubschraubermotors zu hören war. Lavatzki rannte aus dem Haus und versuchte, den Piloten mit Handzeichen zu einer Wiese zu dirigieren, die weit genug vom Moor entfernt war. Der Hubschrauber landete aber direkt neben dem Damm. Mehrere Personen sprangen heraus, alle ohne Masken und Helme. Sofort bekamen sie fürchterliche Hustenanfälle und stürmten panikartig zurück in den Hubschrauber, der abheben wollte, es aber wegen der säurehaltigen Luft kaum noch schaffte. In Schräglage driftete er mit stotterndem Motor zum Ende der Wiese, wo er beim erneuten Aufsetzen beinah umgekippt wäre. Obwohl es um ein Haar einen schweren Absturz gegeben hatte, musste

Lavatzki lachen, als er die Mitglieder des Krisenstabs wie Hühner durcheinander laufen sah. Sie hatten jedoch etwas dazu gelernt und das Fluggerät mit Schutzmasken verlassen. Der Pilot gab bekannt, dass er nicht mehr starten könne, weil wahrscheinlich ein Stabilisierungssensor ausgefallen sei.

Lavatzki führte die sechsköpfige Untersuchungsgruppe zuerst zum Damm, von wo man gerade den beeindruckenden Ausbruch eines »Geysirs« beobachten konnte und lud die Mitglieder der Kommission anschließend in sein Haus ein, um die Lage zu besprechen. Er kochte Tee für seinen hohen Besuch und stellte ein White Board auf, mit dessen Hilfe er seine Theorie grafisch darstellen konnte. Professor Magnus schloss sich der These an, dass durch den jahrzehntelangen Basaltabbau eine Verwerfungslinie aufgebrochen sein konnte. Das schnelle Absinken der »Schweinsberger Depression« habe den Bruch noch gefördert.

»Die Details können Sie sich sparen«, rief der Minister ungeduldig, »müssen wir evakuieren und wenn - wann und wie lang?«

»Sofort!«, antwortete Magnus, »über die Dauer kann ich keine Aussage machen, vielleicht wird die Gegend für immer unbewohnbar bleiben, nicht wahr Lavatzki?«

Der Marburger Geologie Professor nickte müde. Sein Kollege aus Frankfurt hatte ihn grundsätzlich bestätigt. Er zeichnete eine zu evakuierende »Zone A« in eine Übersichtskarte ein, bei der das weiter entfernte und höher gelegene Neubaugebiet vorläufig noch ausgespart werden sollte. Die dort wohnenden Familien mussten jedoch darüber informiert werden, dass der Fall eintreten konnte, dass sie innerhalb weniger Minuten ihr Haus verlassen müssten um in Richtung Dannenrod zu fliehen.

Professor Lavatzki bot an, als »vorgeschobener Beobachtungsposten« in seinem Haus zu verbleiben. Er würde weiter Messungen vornehmen, es sei aber wichtig, dass er schnell modernere Messgeräte bekäme, die ihre Daten per Funk an eine Station sendeten, die per USB an den PC angeschlossen werden könne. Die Geräte wurden ihm zugesagt.

Zwei schwarze Limousinen aus Wiesbaden fuhren vor, um die Personen des Krisenstabs abzuholen, deren Hubschrauber nicht mehr einsatzbereit war. Bevor sie einstiegen, mussten sie noch die Fragen der Fernseh Teams beantworten, die inzwischen den kleinen Ort belagerten.

In Romans Gedanken spielte der drohende Vulkanausbruch überhaupt keine Rolle. Er konnte sich ein solches Ereignis nicht vorstellen und hielt es deswegen für eine fantastische Idee des Professors. Der Bevölkerung ging es ebenso. Man schimpfte über die Hysterie des Innenministers. Nur die Schweinsberger hatten die Lage verstanden, packten in wilder Panik ihre Sachen und verließen ihre Häuser. Nachdem der Wind auf Süd gedreht hatte, war der beißende Geruch jetzt überall im Ort.

Roman dachte nur noch an die Mine vom Goldberg und vor allem daran, dass dort oben ein Schatz liegen könne. Um ihn zu heben, brauchte man das Wissen

Lavatzkis, der den Goldgehalt der Gesteinsproben in seinem Labor bestimmen oder gleich die »Mother Lode« aufspüren konnte. Auch keltische Goldmünzen würde er gern finden.

Helene dagegen fühlte sich durch den Schatz der Kelten nicht mehr sehr motiviert. Sie wollte lieber wieder Matthias treffen, den ehemaligen Freund von Joanna, der vielleicht sogar ihr Mörder war. Allein war sie damit überfordert, ihr neuer Bekannter Roman konnte ihr aber bei der Suche helfen. Nachdem sie hin und her überlegt hatte, machte sie sich am späten Nachmittag des nächsten Tages zu Fuß auf den Weg zu ihm, auch wenn sie nicht wusste, ob er überhaupt zu Hause war. Zu ihrer Überraschung waren zwei Autos vor dem Haus geparkt, das von Roman und ein Mini Cooper mit Marburger Nummer. Nachdem sie geklingelt hatte, hörte sie Roman »Mach mal auf!« rufen. Kurz danach öffnete sich die Tür einen Spalt weit. Die Frau dahinter hatte weniger als Nichts an.

»Hallo, ich heiße Sandrina, Sie wollen sicher zu Roman.«

»Wer ist an der Tür?«, hörte man ihn aus dem Schlafzimmer rufen.

»Ich bin es, Helene, sorry, wenn ich gestört habe, ich komme ein anderes Mal.«

»Nein, warte bitte auf mich im Wohnzimmer.«

Helene tat, wie ihr aufgetragen wurde und setzte sich vor den alten Kamin, in dem das Notizbuch versteckt gewesen war. »Ein Kamin wie ein erloschener Vulkan«, dachte sie unwillkürlich, während Sandrina einmal links, einmal rechts durchs Zimmer schoss und dabei ihre Kleidung immer mehr vervollständigte.

Als sich Romans Freundin schließlich verabschiedete, gab sie Helene die linke Hand.

»Entschuldigen Sie, ich bin vorhin von einer Wespe in den Handballen gestochen worden, schon das zweite Mal in dieser Woche. Es tut tierisch weh und mir ist es noch ganz schwindelig.«

Das große Zimmer lag gerade in den durch eine Linse im Fenster gebündelten Strahlen der Abendsonne, die zum Zeitpunkt der Tag- und Nachtgleiche um 18 Uhr Ortszeit genau auf einen polierten Messingknauf über dem Kamin fielen. Ein wildes Funkeln erhellte den ganzen Raum, dann begann der Knauf sich zu drehen und die reflektierten Strahlen wanderten langsam über Wände und Decke.

»Das ist wunderbar, ich wusste gar nicht, dass es einen solchen Mechanismus über Joannas Kamin gab, kann mich nicht mehr erinnern.«

»Ich habe ihn eingebaut, als ich merkte, dass die Breitseite des Hauses genau nach Westen ausgerichtet ist. Ursprünglich kommt die Kugel übrigens aus einem Haus in Marburg. Sie wird von einem mechanischen Uhrwerk angetrieben.«

»Was magst du lieber, Kaffee oder Tee?«

»Um diese Zeit Tee, am liebsten einen Earl Grey von Twinings.«

»Du wirst es nicht glauben, aber den habe ich hier. Es ist der bevorzugte Tee einer hiesigen Adelsfamilie.«

Das Summen im Raum war nicht zu überhören.

»Hier ist wieder eine Wespe unterwegs«, schrie Helene hysterisch.

»Nein, beruhige dich, das ist das Uhrwerk, dessen Ablauf durch einen Windfang verlangsamt wird. Dadurch wird ein Summen erzeugt.«

Roman setzte sich zu Helene auf das Sofa und sie tranken den Tee aus den Plastikbechern, auf denen Singvögel aufgedruckt waren.

»Warum trinkst du nicht aus deinem Meißener Porzellan?«

»Ich habe gestern die Kanne herunter geworfen, fünfhundert Euro futsch! Es ist mir schon einmal passiert. Jetzt reicht es mir. Die Singvogel Becher sind aus meinem Picknickkoffer. Sie sind unzerbrechlich und ich verbinde mit ihnen schöne Erinnerungen.«

»Wie diese hier! Wir beide auf dem Sofa vor dem kalten Kamin.«

Sie sagte es mit einem ironischen Unterton.

Roman rutschte ein Stück näher an Helene heran und versuchte, seinen Arm um sie zu legen, worauf sie ihm auf die Finger schlug und von ihm wegrückte.

»Was bist du nur für ein Filou. Gerade war deine Freundin noch hier und jetzt machest du dich an mich heran, auch noch in deinem Alter! Du solltest dich schämen!«

Roman grinste frech.

»Sie ist ist nicht meine Freundin, sondern nur eine lockere Bekanntschaft und was genau ist ein Filou?«

»Das französische Wort für Gauner.«

Im Wohnzimmer war es dunkel geworden. Roman hatte mehrere Kerzen in alten Silberleuchtern aufgestellt, die mit ihrem flackernden Licht eine unheimliche Atmosphäre schufen. Was jedoch romantisch und malerisch wirken sollte, wurde durch die Erinnerung an Joanna zum schrecklichen Gedenken an ihre Todesstunde. Roman konnte sehen, wie seine Besucherin fröstelte und ahnte, was in ihr vorging. Er löschte die Kerzen und schaltete die grelle Deckenbeleuchtung ein.

»Eigentlich ist es völlig klar, wie man Matthias finden kann«, fing Helene nach endlosen Minuten zu sprechen an.

»…man muss nur im unterirdischen Gang auf ihn warten«, ergänzte Roman, »leider können wir im Moment nicht mit dem Professor rechnen, weil er Geburtshilfe bei seinem neuen Vulkan leisten muss – eine Vulkan Hebamme, dieser Lavatzki!«

Beide lachten.

»Wir brauchen ihn nicht wirklich.«

Helenes Bemerkung zeigte klar, dass sie nur Matthias finden wollte. Um Bodenschätze aufzuspüren, brauchte man den Professor sehr wohl. Spätestens jetzt war Roman klar, dass ihre Interessen nicht dieselben waren. Es war gleichgültig. Sie mussten so schnell wie möglich zurück zur Mine, um sich dort auf die Lauer zu legen. Bei ihrem ersten Besuch waren ihnen die vielen Nischen aufgefallen, Probegrabungen, um den erzhaltigen Gang zu verfolgen und eventuelle Abzweigungen zu entdecken. In diesen alten Löchern konnte man sich perfekt verstecken.

Roman und Helene entwickelten einen Plan. Sie würden sich in einer dieser Nischen auf zwei Campingstühle setzen, getarnt durch eine zerschlissene Plane oder Decke. In ihren Rucksäcken würden sie Verpflegung für einen ganzen Tag mitnehmen. Dann müssten sie nur still sein, geduldig warten und etwas Glück haben. Sollte ihnen niemand begegnen, müssten sie die Prozedur so lange wiederholen, bis ihnen der Fisch ins Netz ging.

Es war Nacht und Helene hatte schon mehrmals nervös zum Fenster hinaus geblickt, um IHN in der lautlos herankriechenden Dunkelheit zu entdecken. Er erschien jedoch erst, als sie bereits auf dem Nachhauseweg war. Sie spürte den stechenden Blick im Rücken, drehte sich um und sah ihn etwa zwanzig Meter entfernt mit großen Schritten auf sie zu kommen. Doch dieses Mal war es anders als bei Joanna. Roman war längst hinter der merkwürdigen Gestalt auf der Straße und verfolgte sie, in den Händen einen Baseball Schläger. Als er den Kapuzenmann eingeholt hatte, tippte er ihm auf die rechte Schulter und trat einen Schritt zurück, wobei er den glatten, polierten Knüppel hoch riss, bereit zum Zuschlagen.

Roman war nicht erfahren in diesen Dingen und übersah völlig den ausgestreckten Arm des Vermummten, der blitzschnell nach vorne schnellte und ihm ein Messer in den Bauch rammen wollte, das jedoch durch einen breiten Gürtel aus Rindsleder mit einer noch breiteren Schnalle aus versilbertem Messing am Eindringen gehindert wurde. Das Stilett glitt ab und fiel zu Boden, wo es der Mann – oder war es eine Frau?, schnell aufheben wollte. Genau in diesem Moment sauste jedoch Romans amerikanischer Rindslederstiefel nieder und quetschte die Hand zwischen Boden und Messer ein. Der Brust des Vermummten entrang sich ein qualvoller, lang anhaltender Schmerzensschrei, den man von der Tonhöhe einem Mann zuordnen musste.

»Matthias!, das ist Matthias, ich erkenne seine Stimme!«, schrie Helene völlig aufgeregt, aber der vermeintliche Freund aus früheren Tagen war schon wieder aufgesprungen und blitzschnell verschwunden.

»Du schläfst heute bei mir, keine Widerrede!« Roman legte seinen Arm um die Schulter der jungen Frau und schob sie in Richtung seines Hauses. Erst als sie in seinem Bett lag und schlief und er sich einigermaßen bequem auf dem Sofa ausgestreckt hatte, entspannte er sich. Wer immer der Vermummte war, er hatte keine Hemmungen, jemanden umzubringen, wenn er sich bedroht fühlte. Dabei hatte Roman heute nur zum Spaß diese Andenken an einen Besuch in Neu Mexiko angezogen, um Sandrina damit zu belustigen. Der teure amerikanische Kitsch hatte sein Leben gerettet.

Der Kapuzenmann schreckte vor einem Mord nicht zurück. Er versuchte aber auch, die Menschen vom Goldberg fernzuhalten, indem er sie durch seine Angst einflößende Erscheinung erschreckte. Wer von der Mine wusste, den Stollen zufällig entdeckte oder auch nur in seine Nähe kam, der war in Lebensgefahr.

10.

Professor Lavatzki hatte keine ruhige Minute mehr. Mehrmals täglich dokumentierte er die Messwerte seiner inzwischen modernisierten Stationen rund um das Moor und mailte seinen Bericht nach Wiesbaden. Sein Hauptproblem war, dass er nicht sagen konnte, ob sich das Gebiet mit seinem Geysir gerade zu einer Touristenattraktion oder zum Heilbad entwickelte oder ob und vor allem wann sich eine Katastrophe ereignen würde. Im Moment sah es so aus, als hätte sich die Lage stabilisiert, also nahm sich der Professor einen Tag frei, um Einkäufe in Marburg zu tätigen und bei dieser Gelegenheit vielleicht einen Kaffee mit Helene zu trinken.

Es war, als hätte der feuerspeiende Drache nur darauf gewartet, dass Lavatzki verschwinden würde. Einhundert Meter unter der Oberfläche der Erde ließ der Herrscher der Unterwelt das glutflüssige Magma von einer Basaltkammer in die nächste brechen, indem es die umliegenden Gesteine zum schmelzen brachte. Der Druck stieg dramatisch an, bis sich das Magma schließlich seinen Weg zur Erdoberfläche bahnen konnte, wo es mit einem lauten Knall und anschließendem dumpfem Grollen als Lava herausgeschleudert wurde. Es war wie ein Schuss aus hundert Kanonen. Die Erde bebte und ein donnerndes Echo erklang von allen Seiten, in einer Gegend, in der noch nie jemand ein Echo gehört hatte.

Das Unwahrscheinliche war geschehen: Nach zwölf Millionen Jahren erlebte die Gegend wieder einen

Vulkanausbruch. Aus der Spalte im Moor quoll ein breiter Lavastrom, immer wieder unterbrochen von heftigen Explosionen, die den glühenden Brei weit nach oben schleuderten und dabei zerfetzten. Gleichzeitig bebte die Erde mit einer Stärke von viereinhalb, die auch in Marburg deutlich zu spüren war. Der Ausbruch endete nach weniger als einer Stunde. Danach regnete es noch Asche und heiße Steine über dem Amöneburger Becken. In der kurzen Zeit der ersten Aktivität war bereits ein beachtlicher Hügel in der Form eines Kegels entstanden, der ungefähr ein Viertel der Fläche des Moors bedeckte und einen Krater mit einem glühenden Lavasee formte. Am Fuß dieses heißen Berges verbrannte die Vegetation. Dampf und Rauch verdunkelten die Sonne. Die Aschewolke zog Richtung Osten und regnete noch in Alsfeld nieder.

Von Amöneburg war der Ausbruch besonders gut zu sehen und löste bei den Bewohnern Panik aus. Wer ein Auto hatte, versuchte zu fliehen, was dazu führte, dass in der Altstadt ein unauflösbarer Stau entstand, gegen den die Lösung des Gordischen Knotens ein Kinderspiel war. Nicht alle wussten, was sich unten im Ohmtal abspielte, man hatte die Zeitungsartikel nicht ernst genommen. Das Gerücht machte die Runde, ein Meteorit sei im Amöneburger Becken eingeschlagen. Sogar vom Lahnklinikum auf den Lahnhöhen aus konnte man den Ausbruch beobachten und befürchtete, der Wind könne drehen und die Aschewolke nach Marburg treiben.

Helene stand zum Zeitpunkt des ersten Ausbruchs gerade an der Bushaltestelle, um nach Marburg zu fahren, wo sie den Professor treffen wollte.

Trotz der lauten Explosionen im Tal blieb der Busfahrer völlig ruhig und ließ die heranstürmenden Menschen einsteigen, bis das Fahrzeug brechend voll war. Dann schaffte er es noch, dem Stau zu entgehen, indem er sich rücksichtslos und ununterbrochen hupend auf der Gegenseite nach vorn drängelte. Wer wollte sich schon mit einem Bus anlegen?

Der Professor wusste von all dem nichts, er hatte sein Mobiltelefon abgeschaltet und hörte laut Musik. Das Explosionsgeräusch mit dem kurzen Beben war ihm während der Fahrt völlig entgangen, da er gerade »In the air tonight« von Phil Collins hörte. Als er jedoch in Marburg ankam, wo alle Sirenen heulten, befand er sich plötzlich in einem Verkehrschaos. Er wusste sofort warum. Hier gab es keinen Großbrand oder Verkehrsunfall. Der Grund für den Alarm war der Ausbruch des Vulkans. Lautsprecherwagen durchkämmten die Straßen und riefen die Menschen dazu auf, in ihren Häusern zu bleiben und die Fenster geschlossen zu halten. Das Fernsehen berichtete pausenlos von einem erhöhten Standort in der Nähe des Landgrafenschlosses, von dem aus das Geschehen in scharfen Bildern herangezoomt wurde.

Lavatzki suchte nicht lange nach einem Parkplatz, sondern stellte sein Auto auf dem Gehsteig ab und fuhr mit dem Aufzug in die Oberstadt, wo er eine Kneipe kannte, in der ständig ein Fernseher lief. Das Lokal war so voll, dass er von der Straße aus die Live

Übertragung verfolgen musste und aus den Bildern eines Hubschraubers schließen konnte, dass von dem jungen Vulkan eine recht flüssige, basaltische Schmelze ausgeworfen wurde.

»Vulcanus schläft nicht mehr«, murmelte er.

Schlacke und Asche lagerten sich kegelförmig rund um den Vulkanschlot ab. Der Kegel wuchs so schnell, dass man fast zusehen konnte. Es war nur eine Frage der Zeit, wann sein glühender Fuß Schweinsberg erreichen würde. Lavatzki hatte genug gesehen, er musste jetzt dringend mit dem Innenministerium sprechen. Der Zeitpunkt, wann die Lava in Schweinsberg ankommen würde, war berechenbar, falls die Ausbrüche weiterhin so gleichmäßig erfolgten.

Als er den Staatssekretär über sein Mobiltelefon erreichte, musste er sich anbrüllen lassen: »Vielleicht können Sie auch nur ein einziges Mal irgendein Ereignis richtig vorhersagen! Und überhaupt: Brauchen wir jetzt nicht eine erweiterte Gefahrenzone und leben Sie überhaupt noch in Ihrem Kuhdorf als vorgeschobener Posten?«

Der Professor hatte das Gespräch wegen des aggressiven Tons schnell weggedrückt. Das ließ er sich nicht gefallen. Sollte der Staatssekretär denken, er sei von der Lava verschlungen worden.

Vulkan hin, Vulkan her, er würde jetzt in das Café gehen, in dem Helene auf ihn wartete und mit ihr plaudern. Das war das Einzige, was ihn heute noch interessierte. Sollte die große Magmablase, die sich wahrscheinlich von hier bis zu den Eifel Maaren erstreckte, explodieren, es war ihm recht. Dann wären alle weg.

»Was gucken Sie denn so düster?«, hielt ihm Helene die Hand hin. Sein »Date« saß so nah am Eingang des Cafés, dass sein Blick über die Köpfe im Gastraum hinweg geschweift war, ohne sie zu entdecken.

»Ich grüße Sie Helene, dort hinten in der Ecke wird gerade ein Tisch frei, lassen Sie uns doch dort hin setzen!« Lavatzki wollte nicht gesehen werden, das war offensichtlich. Helene war darüber ein wenig beleidigt, sah es dann aber ein.

»Von meinen früheren Einführungsvorlesungen in verschiedenen Fachbereichen kennt mich hier jede Sau. Ich bin eigentlich Mathematiker.«

»Sie sind ein Star«, lachte Helene. Sie hatte längst erkannt, dass Lavatzki früher einmal sehr gut ausgesehen haben musste. Dachte man sich die grauen Haare und Lachfältchen weg — er konnte sich sehen lassen. Auch seine Figur war tadellos.

Durch die offene Tür des Cafés kam eine Wespe geflogen. Es war mehr ein Torkeln des von einem Pilz befallenen todgeweihten Insekts, das dadurch nur umso gefährlicher wurde. Im Eingangsbereich, wo Backwaren über die Straße verkauft wurden, ging die Wespe im Sturzflug auf ein hinter der Theke liegendes Erdbeertörtchen nieder und verkroch sich in dem süßen Schlaraffenland.

»Ich hätte sooo Lust auf etwas Süßes, etwas ›Obstiges‹«, jammerte Helene, »können Sie ein Stückchen für mich bestellen, Professor?«

Lavatzki beeilte sich, zur Theke zu kommen, wo er auf das köstliche »tarte aux fraises« zeigte. Es wurde zu seinem Tisch gebracht, wo Helene sich des Leckerbissens annahm. Kuchengabel für Kuchengabel schaufelte sie die Köstlichkeit in sich hinein, bis plötzlich die Wespe auf dem Gäbelchen saß, genau in dem Moment, in dem die junge Frau genussvoll die Augen schloss. Die Hand des Professors schoss nach vorne und schüttelte Helenes Handgelenk. Mühsam hob die Wespe ab, kreuzte wie betrunken über den Köpfen der Gäste und stach schließlich eine ältere Frau in den Handrücken, die panisch mit ihren Armen gewedelt hatte und jetzt laut klagende Schmerzensschreie ausstieß.

»Rein statistisch«, bemerkte der alte Analytiker Lavatzki, »kenne ich keine Frau, die so magisch Wespen anzieht wie Sie, Helene.«

»Das liegt an meiner Wespentaille«, scherzte die junge Frau.

Vulcanus, der alte römische Gott des Feuers, thronte in seinem unterirdischen Reich und beschloss, den Menschen ihre Hilflosigkeit gegenüber den Naturgewalten in aller Deutlichkeit aufzuzeigen. Sie hatten seine Warnungen nicht ernst genommen und wohnten weiter sorglos in ihren Häusern. Es war verantwortungslos, sie hätten den erbarmungslosen Charakter von Vulcanus kennen müssen!

Seine geballte Faust aus Feuer zertrümmerte in diesem Moment eine der kleineren auf Magma schwimmenden Schollen, wodurch die Basaltplatte über Mittelhessen sich um wenige Zentimeter verschob und verkeilte. Dies reichte für die stärkste Bodenwelle, die die Gegend in den letzten Jahrzehnten erschüttert hatte, ein mittelschweres Erdbeben der Stärke sechs.

Wilde Panik brach aus. Die Menschen stürmten aus dem dicht besetzten Café auf die Fußgängerzone und brachten die Schwächeren zu Fall, über die sie anschließend wie bei einer Stampede trampelten. Draußen stürzten einige wenige Fachwerkhäuser ein, der weitaus größte Teil der Holzkonstruktionen hielt jedoch stand. Die Kirchturmspitzen der Elisabeth Kirche vollführten Kreise, der ein oder andere Stein fiel, im Großen und Ganzen blieb das frühe gotische Bauwerk unversehrt. Das eigentlich Schlimme war: Es gab ein erstes Opfer zu beklagen, ein Mann der von einem herabfallenden Balken getroffen wurde.

Der Professor spürte das Summen seines Mobiltelefons in der Jackentasche und wusste, wer ihn sprechen wollte. Er musste jetzt wieder dringend Verantwortung übernehmen und sich auf den Weg zum Vulkan machen! Dort würde er im schlimmsten Fall ausharren wie ein Kapitän auf seinem sinkenden Schiff.

Er musste dem Innenministerien in einem Punkt recht geben: Er hatte noch keine brauchbaren Ergebnisse erzielt. Das war aber in diesem Fall besonders schwierig. Man hätte auch würfeln können. Inzwischen hatten andere Forschungsgruppen ihre Arbeit am Moor aufgenommen. Nach den spektakulären Veränderungen der Oberfläche und dem Erscheinen des »Geysirs« veröffentlichten sie jede Stunde eine neue eindrucksvolle These. So überschlugen sich die Gerüchte.

Der Professor glaubte an eine positive Entwicklung des ganzen Geschehens, was er sich jedoch noch nicht laut zu sagen traute. In einigen Jahren würde der Schweinsberg Vulkan wieder erlöschen, wegen mangelndem Nachschub an Lava und der daraus folgenden Verstopfung des Vulkanschlots. Wie weit der Kegel dann vorgedrungen sein würde, war reine Spekulation.

Die vier Männer, die zwei Tage später morgens um zwei Uhr in einem Landrover bei abgeschaltetem Licht dem Wirtschaftsweg zum Goldberg folgten, sprachen während der Fahrt kein Wort. Sie parkten ihr Fahrzeug auf der schmalen, freien Fläche, einige Meter von dem Holzstoß entfernt und stiegen aus, wobei sie mit Maschinenpistolen nach allen Seiten sicherten. In Englisch konnte man einen von ihnen »Matthew, you stay here!« sagen hören. Es schien ihr Anführer zu sein, da er auch den anderen knappe Anweisungen in Englisch erteilte. Auffällig war sein östlicher Akzent. Nachdem der Holzstoß zur Seite gerückt war, verschwanden drei der Männer in dem geöffneten Stollen, während der mit »Matthew« angesprochene sich an einem Draht zu schaffen machte, der direkt unterhalb der Kronen der Bäume durch den Wald verlief. Das Beben hatte auch den Goldberg getroffen und dazu geführt, dass morsche Äste herabgefallen waren, die das Stahlseil blockierten. Mit Hilfe einer Bohnenstange versuchte Matthew, die Äste herunter zu stoßen, was ihm nach mehreren Versuchen gelang. Danach setzte er den Mechanismus wieder in Gang, der mit Hilfe eines Elektromotors eine Kapuzenmann Puppe am Draht entlang zog. Die sich langsam bewegende Attrappe hatte etwas außergewöhnlich Schauriges. Sie hatte den Vorteil, dass sie so hoch angebracht war, dass man sie von weitem sehen, aber nicht näher untersuchen konnte, falls man den Mut hatte, sich ihr zu nähern.

Der Professor und Roman saßen in ihrem kleinen Tarnzelt, auf das sie Äste und Blätter geklebt hatten und beobachteten voller Angst, was sich nur zwanzig Meter von ihnen entfernt abspielte. Es war nicht völlig dunkel. Der Himmel reflektierte den glühenden und zuckenden Lavasee des jungen Vulkans und schuf eine Atmosphäre wie am Vorabend des Weltuntergangs.

Sie hatten ihren Beobachtungsstand schon vor Einbruch der Nacht eingerichtet und warteten seitdem geduldig darauf, dass etwas geschehen würde. Helene, die mit Roman und ohne den Professor in die Mine hatte gehen wollen, wusste nichts von der gefährlichen Mission. Die beiden Männer waren sich einig gewesen, ihr nichts davon zu sagen. Sie hätte sich sonst nicht davon abhalten lassen, sie zu begleiten. Wenn die Beobachtung der Mine irgendwelche bedeutende Erkenntnisse liefern sollte, konnte man sie immer noch darüber informieren.

Roman hatte Lavatzki während der Fahrt zum Goldberg von dem Zwischenfall in Amöneburg und der Messerattacke auf ihn berichtet. Immer mehr wies darauf hin, dass Matthias der Kapuzenmann war.

Der Professor war im Verlauf des Abends schon mehrmals eingeschlafen und fast von seinem Klappstühlchen gekippt. Nach dem Erscheinen der vierköpfigen Gruppe war er jedoch hellwach. Wenn sie entdeckt wurden, konnte das schlimme Folgen für sie haben. Der Mann, der am Eingang zurück geblieben war, Matthew, versuchte, schlimme Hustenanfälle zu unterdrücken.

»Das kann nur Matthias sein, mein früherer Doktorand und Freund von Joanna«, flüsterte Lavatzki, »Matthew bedeutet nichts anderes als Matthias auf Englisch.«

»Warum hustet er so schrecklich?«

»Vor zwei Jahren hatte der Privatdetektiv, den Joanna angeheuert hatte, herausbekommen, dass Matthias zu einer Lungen Operation im Klinikum gewesen war. Vielleicht ist die Krankheit nicht ausgeheilt.«

»Er wird zu viel Uranstaub eingeatmet haben.«

Die Männer kamen aus dem Stollen zurück und fluchten unterdrückt. Roman und Lavatzki konnten bruchstückhaft deuten, was sie Matthew mit Händen und Füßen klar zu machen suchten:

Ein Teil der Stützbalken im Bergwerk war offensichtlich durch das ›earth quake‹ eingestürzt. Matthias' Gruppe konnte im Moment weder das Uran führende Erz noch die Goldader abbauen. Nachdem sie die Angelegenheit wild fuchtelnd besprochen hatten, stiegen sie ins Auto und fuhren davon.

»Eines wissen wir jetzt, sie bauen beides ab, Pechblende und Gold, deswegen verzweigt auch der Gang, die Pechblende des linken Stollens liefert das Uran und mit dem Gold aus dem rechten bezahlen sie denjenigen, der es ihnen anreichert.«

Der Professor musste über Romans Überlegungen lachen.

»Wenn das so einfach wäre.«

Dann wurde er ernst.

»Wenn da etwas dran ist, dann Gnade uns Gott! Sind nicht im Irak dutzendweise Gaszentrifugen für Uranhexafluorid verschwunden, die aus Deutschland geliefert worden waren?«

»Stimmt, das habe ich auch gelesen.«

»Nein, es ist unmöglich«, flüsterte Lavatzki zu sich selbst, wobei er heftig den Kopf schüttelte, »die Entwicklung einer Atombombe durch Terroristen, unmöglich! Sie könnten höchstens einen atomaren Sprengkopf in ihre Hand bringen. In den Ländern der ehemaligen Sowjetunion sollen welche bei der Auflösung dieses Staatenbundes im allgemeinen Chaos verschwunden sein.«

Er wechselte das Thema.

»Wir können uns beglückwünschen, wir haben mit hoher Wahrscheinlichkeit Matthias gefunden. Was wird Helene dazu sagen?«

»Ich befürchte, dass sie das Interesse an uns verlieren wird. Sie hat ihre Freunde und vor allem Sie von Anfang an dazu benutzt, Matthias zu finden. Sie war und ist vermutlich immer noch in ihn verliebt!«

»… was ein neues Licht auf den Tod ihrer Freundin Joanna wirft«, ergänzte der Professor, »wie auch immer, wir werden die Angelegenheit weiter beobachten. Lass uns jetzt unser Zelt abbrechen! Ich bin schon ganz steif von dem stundenlangen Sitzen!«

Der Weg zurück durch den düsteren Wald, unter einem glühend rot zuckenden Himmel, nur mit einer Taschenlampe ausgerüstet, machte den beiden Männern Angst. Sie konnten in einen Hinterhalt geraten oder von irgendwelchen Geschöpfen der Nacht angegriffen werden. Sie sahen fast nichts, der Lichtkegel ihrer Taschenlampe war jedoch weithin zu beobachten und ihre Schritte auf knackenden Ästen deutlich zu hören. Fuchs und Dachs duckten sich und lauschten in die Nacht, ein Rudel Rehe stand bewegungslos im Dickicht, immer bereit zur Flucht. Der Kapuzenmann, von dem sie jetzt wussten, dass er eine Attrappe war, schwebte langsam unterhalb der Baumkronen und hob sich gut sichtbar gegen den Nachthimmel ab.

»Ich weiß nicht, warum ich das alles mitmache«, flüsterte der Professor, »ich brauche kein Gold oder gar Uran, ich bin durch meine Pension mehr als gut abgesichert.«

»Mich hat das Goldfieber gepackt«, antwortete Roman, »außerdem will ich jetzt wissen, wer in diesem Wald sein Unwesen treibt, ob das Spinner sind oder gefährliche Terroristen.«

»Vielleicht wäre es besser, gleich zur Polizei zu gehen.«

Von diesem Moment an, nach dieser Gefahr für ihr Leben, in die sie sich ohne Not begeben hatten, waren der Professor und Roman eine verschworene Gemeinschaft. Ihnen war klar geworden, dass sie Helene nicht mehr unbedingt in ihre Überlegungen und Maßnahmen einbeziehen und sich auch nicht mehr durch sie antreiben lassen sollten. Es war natürlich auch eine Reaktion der Enttäuschung, da beide Männer gehofft hatten, eine Chance bei der jungen Frau zu haben.

Am nächsten Tag stand Roman schon früh auf. Er musste dringend in seine Firma fahren, nachdem Antons hilfesuchende SMS in immer kürzeren Abständen angekommen waren und sein mobiles Telefon zugemüllt hatten.

Sein Partner saß mit rotem Kopf vor dem Bildschirm und simulierte Angriffe aus dem Netz, was schließlich dazu führte, dass sein PC abstürzte und sich dann beharrlich weigerte, wieder hochzufahren.

»Hallo, liebe Mitarbeiter«, rief Roman, »ich bin wieder hier und stelle euch eine Frage: Welches ist der schlimmste Fehler an einem PC, ein so verheerender Fehler, das ihn auch der Service nicht findet?« Die Mitarbeiter blickten sich verständnislos an.

»Ein Wackelkontakt in der Steckdose, ha ha!«

Er ging zu Antons Computer, zog das Kabel aus der Wand, wartete einige Sekunden und schloss die Leitung wieder an. Das Gerät fuhr hoch und das Betriebssystem meldete sich.

»Das war doch kein Wackelkontakt«, protestierte Anton, »sondern ein Neustart.«

»Das stimmt, aber es hat geholfen.«

Die Partner zogen sich in ein Nebenzimmer zurück und gingen Stück für Stück die Software durch, die Anton in den letzten Tagen geschrieben hatte. Traumwandlerisch ergänzte oder korrigierte Roman Befehlszeilen, obwohl er den Code vorher noch nie gesehen hatte. Er war ein Genie. Solange sich sein Partner unterordnete, waren sie ein perfektes Team, das wussten beide. Es fiel Anton nur immer schwerer, diese Rolle anzunehmen.

Da der Schweinsberg Vulkan in den letzten Stunden keine Lava mehr gespuckt hatte, normalisierten sich das Leben und der Verkehr in kurzer Zeit. Wer es sich leisten konnte, blieb jedoch zu Hause oder besuchte Freunde und Verwandte, die weit genug entfernt wohnten. Alle wussten inzwischen, dass es jederzeit wieder losgehen konnte. Auch Roman überlegte, ob er nicht bei Sandrina übernachten sollte, als in dem bei bestimmten Windrichtungen von den Vulkangasen und Staubwolken gefährdeten Amöneburg.

Sandrina hatte ihm zu verstehen gegeben, dass sie grundsätzlich nichts dagegen hätte und so machte er sich zu ihrer Wohnung im Steinweg auf, nachdem er die erfolgreiche Software Sitzung mit Anton beendet hatte.

11.

Roman war ein Mensch, der ständig in Gedanken war und dadurch seine Umwelt nicht richtig wahrnahm. So entging im vieles, was andere aus den Augenwinkeln bemerkt hätten. Es wurde gerade dunkel, aber es wäre ihm auch am Tag nicht aufgefallen, dass eine schwarze Gestalt auf der gegenüberliegenden Straßenseite an einer Mauer lehnte und den Eingang von Sandrinas Wohnung beobachtete. Der Mann war nicht als Privatdetektiv erkennbar. Er benutzte eine kleine Spezialkamera, die bei schwachem Licht hervorragende Bilder machte, um alle Personen zu fotografieren, die das Haus im Steinweg betraten oder verließen. Anton, der Auftraggeber des privaten Ermittlers, wollte in seiner grenzenlosen Eifersucht wissen, mit wem Sandrina im Moment verkehrte. Das war ihm viel Geld wert, da zwei sich ablösende Detektive stundenlang das Haus beobachteten. In den Nachtstunden übernahm er selbst manchmal die Observierung.

»Was siehst du, wenn du aus dem Fenster blickst?«, fragte Sandrina Roman zur Begrüßung, der »die Straße« antwortete.

»Die sehe ich auch, aber auch den Kerl auf der anderen Seite, der schon seit einer Stunde Aufnahmen davon macht, wer in das Haus hinein geht und wer es wieder verlässt.« Sie schob Roman sanft zur Tür hinaus.

»Verschwinde jetzt wieder, erfinde eine Geschichte, warum du kurz hier warst und erzähl sie morgen deinem Partner, noch bevor er dich fragt! Er steckt garantiert hinter diesem Blödsinn.«

Am nächsten Tag in der Firma fragte Roman Anton scheinheilig:

»Drei Mal darfst du raten, wen ich gestern getroffen habe.«

»Ich habe keine Ahnung, einen Außerirdischen?«

»Ich war kurz bei Sandrina, sie hatte noch eine CD von mir.«

»Wie geht es ihr?«

»Ich glaube gut, sie schien etwas blass zu sein.«

»Sollst du mir etwas ausrichten? Will sie mich sehen?«

»Nicht so direkt, ich soll dir Grüße ausrichten.«

Anton ging auf die Toilette, zog die beiden mit Datum und Uhrzeit versehenen Bilder Romans aus der Hosentasche, zerriss sie und spülte sie hinunter. So kam er nicht weiter. Es wurde Zeit für wirksame Maßnahmen. Sandrina sollte ihn fürchten lernen. Wenn sie nicht im Guten zurückkam, würde er etwas nachhelfen. Es gab dazu viele Möglichkeiten.

Am nächsten Tag war abends wieder ein Treffen des Professors mit Roman und Helene in Amöneburg geplant. Roman war deswegen zu Hause geblieben und hatte an der neuen Software gearbeitet. Die Männer hatten sich in mehreren Telefongesprächen abgestimmt, Helene doch darüber zu informieren, dass Matthias wahrscheinlich noch lebte. Das Treffen sollte dieses Mal in ihrer Wohnung in Amöneburg stattfinden. Da sie wie üblich mit dem Bus nach Marburg gefahren war, hatte Roman die Idee, dass sie mit Sandrina im Mini Cooper zurück fahren könne, die er nach der Besprechung treffen wollte. Die Frauen trafen sich im Steinweg, wo sie sich miteinander bekannt machten, aber nicht merkten, dass ihnen beim Losfahren ein nachtgrauer Wagen folgte. Es war Anton, der sich sehr wunderte, wer bei Sandrina ins Auto eingestiegen war. Es verunsicherte ihn, dass seine ehemalige Freundin von einer Frau begleitet wurde, die er nicht kannte. Er kannte natürlich auch Helenes Haus nicht und auch nicht das Auto des Professors, das in Amöneburg, wo sie zwanzig Minuten später ankamen, vor Helenes Haus stand. Sein Misstrauen und seine Eifersucht waren grenzenlos, die Situation zeigte ihm aber sehr deutlich, dass seine Exfreundin jetzt ein Leben führte, mit dem er nichts mehr zu tun hatte. Er parkte seinen Wagen versteckt in einer Parklücke hinter einem Lieferwagen und beobachtete Helenes Haus mit einem Fernglas. Das stundenlange Sitzen in der klammen Kälte der Herbstnacht lohnte sich schließlich. Roman kam aus dem Haus, begleitet von Sandrina. Sie gingen Hand in Hand Richtung Marktplatz. Jetzt war klar, dass sie eine Beziehung haben mussten und ihrem heimlichen Beobachter schoss das Blut in den Kopf, dass er dachte, er müsse davon platzen. Dann nahm er sich zusammen, ließ den Motor an und rollte im ersten Gang hinter ihnen her. Plötzlich sah er seitlich vor sich den Kapuzenmann, der aus dem Schatten eines Hauses hervor trat und dem Paar folgte, wobei er jede Deckung ausnutzte. Anton wusste von mehreren Besuchen bei Roman, wo dessen Haus stand. Er stellte sein Auto ab, stieg aus und folgte der schwarzen Gestalt in sicherem Abstand zu Fuß. Wer immer der Vermummte war, er hatte einen schweren Husten, den er in der feuchtkalten Nachtluft kaum unterdrücken konnte. Der unheimliche Geselle stellte sich nur wenige Meter von Romans Haus entfernt auf die Straße und starrte auf die Eingangstür. Nachdem er etwa zwanzig endlos lange Minuten bewegungslos verharrt hatte, stieg er in ein Auto, das in unmittelbarer Nähe geparkt war und fuhr los. Anton musste nicht lange überlegen, ob er Romans Haus weiter beobachten oder dem Unbekannten folgen sollte. Er nahm kurz entschlossen dessen Verfolgung auf. Es war klar, dass er durch Zufall etwas beobachtet haben musste, von dem eine Bedrohung für Roman und Sandrina ausging. Das konnte er vielleicht für sich ausnutzen.

Die Fahrt ging nach Marburg, dann weiter Richtung Gießen und schließlich auf die Autobahn A45 Richtung Dortmund, die der Kapuzenmann in Siegen wieder verließ. Die Verfolgung endete auf dem Parkplatz eines offengelassenen Steinbruchs. Anton hatte schon vorher seine Scheinwerfer ausgeschaltet, nachdem der vor ihm fahrende Unbekannte von der Hauptstraße abgebogen war. Auf einem Schild hatte er noch »Kelten Erlebnispark« lesen können. Er stellte sein Auto ab und folgte dem Weg zu Fuß, bis er das Auto des Kapuzenmanns wieder erkannte, das neben einem zerfallenen Klinkerbau geparkt war, dem ehemaligen Verwaltungsgebäude der »Westdeutschen Steinbruch AG«, kurz WSAG genannt. Aus den Fenstern des Erdgeschosses drang schwaches Licht. Anton schlich sich heran und musste feststellen, dass die Fensterscheiben entweder blind oder mit einem Überzug versehen waren, der zwar Licht durchließ, jedoch keine neugierigen Blicke. Seitlich war jedoch ein Fenster mit einem Laden verschlossen, dessen Sprossen sich teilweise gelöst hatten. Dadurch war ein Spalt entstanden, durch den Anton nach innen blicken konnte. Erst jetzt fiel ihm auf, dass es beißend nach Ammoniak roch. Wie schlimm musste der Gestank erst im Inneren des Klinkerbaus sein. Was aber ging hier vor?

In der Mitte des großen Raums war eine gläserne Apparatur aufgebaut, die an eine überdimensionale Alkoholdestille erinnerte. In einem auf dem Boden stehenden Glasbottich, der einem Apfelweingärbehälter glich, befand sich eine trübe, braungraue Brühe. Ein Mann war damit beschäftigt, in dem Behälter feinen Gesteinsstaub mit einer rauchenden Flüssigkeit zu mischen. Das Gemisch musste offensichtlich danach mehrere Wannen durchlaufen, bis am Ende der Prozesskette eine Substanz mit einer intensiven gelben Farbe ausgefällt wurde.

Zusammen mit dem Neuankömmling waren jetzt vier Personen im Raum, von denen drei Schutzmasken und Gummihandschuhe trugen und ihrer Arbeit weiter konzentriert nachgingen. Der Kapuzenmann, dem Anton gefolgt war, führte ein kurzes Gespräch mit einem der Anwesenden. Danach legte er seine Jacke ab, zog die Schutzkleidung an und begann unter ständigem Husten, das gelbe Pulver in gläserne Behälter abzufüllen.

Die schlimmen Hustenattacken machten die anderen nervös.

»Shut up!«, brüllte der vermeintliche Anführer der Gruppe mit einer solchen Lautstärke, dass man es deutlich außerhalb des Gebäudes hören konnte.

Anton konnte das Gesicht des Kapuzenmannes jetzt gut erkennen. Es war niemand, den er kannte.

Die Apparatur hatte mit den Kelten nichts zu tun, das war offensichtlich. Hier benutzte jemand den Erlebnispark als Tarnung, um eine gefährliche Substanz herzustellen. Das war Anton schnell klar. Hätte er das Wissen und die Hintergrundinformationen von Professor Lavatzki gehabt, so hätte er das gelbe Pulver wahrscheinlich erkannt. Es war der berüchtigte »Yellow Cake«, ein Stoff mit einem Urananteil von 80 Prozent und eine Zwischenstufe auf dem Weg zum Uranhexafluorit. Da Anton nichts von der Uranmine am Goldberg wusste, tippte er auf eine synthetische Droge, die in dem alten Ziegelbau hergestellt würde.

Er hatte genug gesehen und schlich gebückt zu seinem Auto zurück. Auf dem Nachhauseweg spürte er, wie sehr ihn die ganze Angelegenheit aufgeregt hatte. Fragen quälten ihn. Was hatte er heute durch Zufall entdeckt? Was hatten Roman und Sandrina damit zu tun?

Als er spät in der Nacht in Marburg ankam, musste er feststellen, dass einige Straßen gesperrt waren, unter anderem die Auffahrt zum Marktplatz. Er musste zu Fuß weiter, um in seine Wohnung zu gelangen. Längs des Wegs waren überall die Folgen mehrerer Erdstöße zu sehen, herabgefallene Ziegel und Dachschieferplatten. An einem Schuhgeschäft war die Schaufensterscheibe geplatzt und notdürftig mit Klebeband fixiert worden.

Als Anton seine Wohnung betrat, spürte er eine tiefe Leere. Wie schön war es gewesen, als noch Sandrina auf ihn gewartet hatte. Manchmal hatte sie sogar etwas für ihn gekocht. Es war wie ein Sinnbild, dass die KPM Teekanne aus dem 19. Jahrhundert, die sie so liebte, von dem Beben aus dem Regal gerüttelt worden und am Boden in tausend rasiermesserscharfe Splitter zerplatzt war. Anton kehrte die Bruchstücke zusammen und kippte sie in den Abfalleimer. Es war wie mit seiner Beziehung. Sie war nicht mehr zu kitten. Trotzdem hatte er noch nicht aufgegeben, sondern schöpfte neuen Mut. Ihre offensichtliche Verstrickung in kriminelle Vorgänge konnte ihm vielleicht dabei helfen, Sandrina zurück zu gewinnen. Eine fixe Idee setzte sich bei ihm fest: Seine ehemalige Freundin hatte sich mit der Drogen Mafia eingelassen. Möglicherweise schwebte sie in großer Gefahr. Warum sollte er nicht ihren Retter spielen können? Dazu musste er aber mehr wissen, über den Kapuzenmann, seine Organisation und die Rolle von Sandrina. Außerdem brauchte er eine Waffe, das Pfefferspray, das er immer mit sich trug, reichte nicht aus, um sich gegen einen Profi zu verteidigen.

Was Anton nicht ahnen konnte war, dass Sandrina, obwohl sie bei dem »Amöneburger Treffen« dabei gewesen war, bis jetzt überhaupt nichts darüber wusste, in welche Angelegenheiten Roman mit seinen Freunden verstrickt war.

Sie hatte bei dem Treffen mit Erstaunen miterlebt, wie Helene völlig außer sich geraten war, als der Professor ihr eröffnet hatte, dass ein gewisser Matthias mit hoher Wahrscheinlichkeit noch am Leben sei und eigenartige vermummte Freunde habe, die ihn Matthew nannten. Helene wollte daraufhin unbedingt wissen, wie er das herausgefunden habe und wo sie Matthias finden könne. Noch am selben Abend wollte sie ihn besuchen. Sie war von einem Bein auf das andere gehüpft, hatte die Arme nach oben geworfen und ununterbrochen »he's back, he's alive!« geschrien. Lavatzki und Roman hatten getuschelt und Sandrina sogar aus dem Zimmer geschickt, die sich wie ein dummes Schulmädchen vorgekommen war, das vom Lehrer vor die Tür gestellt wurde. Roman hatte sich von Professor Lavatzki vorwerfen lassen müssen, dass Helene Sandrina aus Marburg mitgebracht hatte, die jetzt hier mit in der Runde saß und immer längere Ohren bekam. Jeder weitere Mitwisser war nicht nur überflüssig, sondern auch gefährlich.

Nachdem das Treffen zu Ende war, beantwortete Roman auf dem Nachhauseweg keine Fragen seiner Freundin, die sich bei ihr aufgestaut hatten, bis diese aufgab und ihre Hand vor der Stirn hin und her schwenkte.

All das wusste Anton nicht, als er schließlich im Bett lag und seine wild kreisenden Gedanken ihn am Einschlafen hinderten. Seine Logik sagte ihm, dass etwas Grundsätzliches nicht stimmen konnte, wenn eine junge Frau von einem Kapuzenmann verfolgt wurde, der mit anderen Vermummten ein geheimes und verdächtiges Labor in einem offengelassenen Steinbruch im Siegerland betrieb. Noch wusste er nicht, was die Vermummten in dem zerfallenen Klinkerbau herstellten. Mit Hilfe seines Privatdetektivs und dessen Mitarbeitern würde er das schnell herausbekommen. Vielleicht führte Sandrina ein Doppelleben.

Anton fühlte plötzlich, wie eine unglaubliche Kraft durch seine Adern floss, die ihm ein grenzenloses Selbstbewusstsein verschaffte. Er würde das Leben seiner ehemaligen Freundin überwachen, mehr noch, er würde es lenken und in ihr Schicksal eingreifen, sobald er erst verstanden hatte, was sie trieb.

In den nächsten Tagen produzierten die vier Verschwörer aus dem Steinbruch im Siegerland immer mehr Yellow Cake. Den ganzen Sommer hindurch waren sie fleißig gewesen und hatten das an Pechblende reiche Gestein aus der Mine am Goldberg abgebaut. Mit einem kleinen Lastwagen hatten sie das Material in den Steinbruch im Siegerland geschafft, wo sie eine uralte Maschine repariert hatten, die Steine zu Staub mahlen konnte. Seitdem lagerten hier unter freiem Himmel Berge von radioaktivem Staub, die den Besuchern des Kelten Bergwerk Erlebnisparks überhaupt nicht auffielen, obwohl sie der vollen Strahlung ausgesetzt waren. Sie interessierten sich nur für den keltischen Rennofen, in dem zerkleinertes Erz unter Zugabe von Holzkohle geschmolzen wurde. Das dadurch gewonnene Eisen enthielt noch Schlacke, die durch nochmaliges starkes Erhitzen und anschließendes kräftiges Schmieden ausgetrieben wurde.

Im Erlebnispark waren während der Öffnungszeiten im Sommer Rennofen und Schmiede ständig besetzt. Sogar der Abbau des Erzes aus einem Erdtrichter wurde vorgeführt. An einer Buchtheke konnte man sowohl Literatur über die Kelten als auch handgeschmiedete Pfeilspitzen erwerben.

Die netten jungen Männer mit dem etwas dunkleren Teint und Bärten, die den Erlebnispark betrieben, waren jedoch eiskalte Verbrecher, die jeden sofort umgebracht hätten, der ihr Ziel gefährdet hätte: Vorbei an allen Handelswegen und unter Umgehung sämtlicher Kontrollen planten sie, nicht registriertes Uran in den Nordirak bringen, um dort eine in Windeseile errichtete unterirdische Anlage mit hunderten von Gaszentrifugen aus deutscher Produktion zu bestücken.

12.

Professor Lavatzki hatte im Moment andere Probleme. Der Uranabbau interessierte ihn nicht mehr. Um die Mittagszeit hatte es eine dramatische Entwicklung mit dem Schweinsberg Vulkan gegeben. Eine gewaltige Explosion hatte glühendes Gestein in Richtung Schweinsberg geschleudert. Zwei der Häuser, die besonders nah am Moor standen, fingen sofort Feuer. Lavatzki konnte einen beginnenden Brand an seinem Haus gerade noch löschen. Die Menschen an der Absperrung, Polizei, Feuerwehr und Fernsehteams zogen sich panikartig zurück und fügten sich dabei in ihrer Kopflosigkeit gegenseitig Blechschäden an ihren Fahrzeugen zu. Die Absperrung wurde einige hundert Meter zurück genommen und die Umgehungsstraße gesperrt.

Lavatzki hatte keine Wahl. Um seine teuren Geräte zu kontrollieren und notfalls abzuziehen, näherte er sich noch einmal in hitzefester Kleidung dem kleinen Vulkan, aus dessen Schlund sich seit der Explosion Lavaströme ergossen. Mit einem Blick erkannte er, dass es sehr wahrscheinlich war, dass der Kegel im Laufe der nächsten Tage weiter wachsen und bald den Damm erreichen würde. Hier herrschte bereits eine unbeschreibliche Hitze. Der Professor ergriff schnell die beiden teuren Messgeräte und klemmte sich ihre Stative unter den Arm. Er war in diesem Moment Auge in Auge mit der glühend heißen basaltischen Schmelze, die aus dem Schlot des bereits fünfzig Meter hohen Schweinsberg Vulkans heraus quoll. Die Lava hatte keine sehr hohe Fließgeschwindigkeit mehr und es bestand die Hoffnung, dass der Zufluss aus dem Erdinneren irgendwann verstopfen würde. Als Lavatzki zurück zu seinem Haus ging und überlegte, ob dieser Standort noch haltbar sei oder ob er aus Sicherheitsgründen seinen Wohnsitz aufgeben müsse, näherte sich ein Auto, das zielstrebig sein Haus ansteuerte und dort anhielt. Es war derselbe Wagen, den Helene sich schon einmal geliehen hatte und sie war es dann auch, die aus dem Auto stieg.

»Sind Sie lebensmüde?«, schrie der Professor, »Sie sind hier im Sperrgebiet. Das Betreten dieses Areals ist strikt verboten. Wie haben Sie es überhaupt geschafft, mit einem Auto hierher zu kommen?«

»Ich habe mich als Ihre Assistentin ausgegeben, es war kein Problem«, lachte sie, »übrigens ist es ganz schön heiß hier und stinkt bestialisch, ich verschwinde trotzdem erst wieder, wenn ich Matthias' Adresse habe.«

»Kommen Sie ins Haus bitte! Hier auf der Straße können Ihnen jederzeit glühende Brocken um die Ohren fliegen.«

Lavatzki zeigte auf die Straße, die mit einer dicken, qualmenden Staub- und Gesteinsschicht bedeckt war. Im selben Moment zerplatzte einer der Reifen an Helenes Auto mit einem lauten Knall. Der Professor zog die junge Frau ins Haus.

»Hier können wir nicht mehr bleiben.«

»Was wird mit meinem Auto?«

»Ich werde versuchen, den Reifen zu wechseln.«

»Matthias Adresse!«

»Ich habe sie nicht«, antwortete Lavatzki wahrheitsgemäß, »wir haben ihn am Goldberg gesehen, zusammen mit drei anderen Männern. Diese Leute bauen dort Uranerz ab und sie haben Schlimmes damit vor, befürchte ich.«

»Dann gehe ich dort hin und warte bis sie kommen«, antwortete Helene trotzig.

»Machen Sie sich nicht unglücklich, das sind Berufsverbrecher oder Terroristen, die bringen jeden um, der ihnen zu nahe kommt oder sie ausspionieren will. Ich vermute, dass Joanna Kenntnis von Matthias' Aktivitäten bekommen hatte. Deshalb musste sie sterben.«

»Was wissen Sie denn«, brach es aus Helene heraus, »Sie wissen nichts!«

In diesem Moment schlugen mehrere glühende Gesteinsbrocken in das Haus des Professors ein. Sofort stand das Dach in Flammen.

»Nichts wie weg hier!«, schrie Lavatzki, »nehmen Sie mein Auto. Es steht in der Garage. Der Schlüssel steckt! Ich wechsel noch den Reifen. Wir treffen uns an der Absperrung.«

Sie verließen das Haus wieder. Draußen bot sich ein chaotischer Anblick. Die Dorfstraße herauf wälzte sich ein Lavastrom, der alles entflammte und niederwalzte, was er erreichte. Die Häuser in seiner Nähe fingen sofort Feuer und brannten innerhalb von Minuten lichterloh. Es war ein Inferno wie 1635 im Dreißigjährigen Krieg, als ganz Schweinsberg niederbrannte.

Durch das Feuer gab es kaum noch Sauerstoff zum Atmen. Helene gab Vollgas und schleuderte mit dem

Auto des Professors aus der Garage hinaus auf die Straße. Im Rückspiegel sah sie noch, wie er sich an dem Reifen zu schaffen machte. Plötzlich brach er zusammen und lag kurz bewegungslos neben ihrem Auto, bevor er sich noch einmal aufraffte.

Lavatzki hatte bereits zu viel von den giftigen Gasen eingeatmet, die zusammen mit dem Ausbruch freigesetzt worden waren. Nur eine schnelle Flucht hätte ihn noch retten können. In seiner Verwirrung torkelte er jedoch ins Haus zurück, weil er sich dort sicher wähnte und wurde von einem herab stürzenden Balken eingeklemmt. Im selben Moment fraß sich die Lavazunge durch die Fachwerk Außenwand. In Sekunden verbrannte sie alles, was sich ihr in den Weg stellte, zu feiner Asche. Der Professor spürte den Schmerz nicht mehr. Seine letzten Gedanken waren bei Helene, bevor es endgültig dunkel um ihn wurde.

Die junge Frau erreichte die Absperrung, die gerade zum wiederholten Mal weiter zurück genommen wurde. Ihr Hinweis, dass der Professor, den alle hier kannten und bewunderten, es nicht mehr geschafft haben könne, rief blankes Entsetzen hervor. Die Feuerwehr stellte einen Trupp zusammen, der sich in feuerfester Kleidung mit einem Spezialfahrzeug auf den Weg machte. Von Lavatzkis Haus ragte jedoch nur noch der Sandstein Sockel aus der erkaltenden Lava. Von ihm selbst gab es keine Spur mehr. Der Einsatzleiter meldete nach Wiesbaden, dass der »vorgeschobene Beobachter« mit hoher Wahrscheinlichkeit umgekommen sei. So wurde es auch später im Fernsehen gemeldet, aus dem Roman es erfuhr. Die Hessenschau berichtete außerdem am Abend, eine junge Frau, vermutlich seine Assistentin, sei bei dem Ausbruch an seiner Seite gewesen. Sie sei jedoch in Sicherheit.

»Diese Besessene«, murmelte Roman beim Lesen der Internet Nachrichten, »sie hat an seinem Tod mitschuld, da bin ich sicher.«

Sandrina rief an und wollte wissen, ob der verunglückte Professor derselbe sei, den auch sie seit kurzem kannte. Sie habe solche Angst, ob sie noch bei Roman vorbei kommen und bei ihm übernachten könne.

»Hier bist du aber viel näher am Schweinsberg Vulkan als im Steinweg in Marburg.«

»Hauptsache ich bin nicht allein.«

»Dann mach dich auf den Weg!«

Bis sie da war, konnte Roman einen kurzen Abstecher zu Helene machen, um genaueres darüber zu erfahren, wie es zu dem schrecklichen Unglück gekommen war. Er machte sich auf den Weg zu ihrem Haus, auf sein Klingeln und Klopfen wurde aber nicht geöffnet. Helene war schon längst zur Goldberg Mine aufgebrochen. Es war mutig von ihr, um nicht zu sagen dumm und eigensinnig, allein die Konfrontation mit Matthias und seiner Bande zu suchen. Da sie kein Auto besaß, fuhr sie mit dem Fahrrad. Der Hinweg war kein Problem, da es fast nur bergab ging, umso schwieriger würde der Rückweg werden.

Sie stellte ihr Fahrrad am Mardorfer Sportplatz ab und ging zu Fuß weiter. Obwohl es schon dämmrig war, hatte sie keine Mühe, den Holzstoß zu finden und ihn mit dem verborgenen Hebel zur Seite zu schieben.

Nachdem sie den Gang betreten hatte, verschloss sie den Eingang wieder. Mit Hilfe des Kompressors schaltete sie die Beleuchtung ein und suchte danach den Tunnel im vorderen Bereich nach Nischen ab, in denen sie sich verstecken konnte. Direkt am Eingang war ein kurzes Stück aufgegraben, in dem allerlei Geräte standen, unter anderem mehrere Spitzhacken, über die eine Plane gehängt war, unter die man kriechen konnte, ein ideales Versteck, solange es nicht durchsucht wurde. Helene schaltete den Kompressor wieder aus und setzte sich unter die Plane auf den Boden. Jetzt brauchte sie nur noch Geduld. Im Berg herrschte das tiefste vorstellbare Schwarz. Immer wieder schaltete die junge Frau voller Angst ihre Taschenlampe ein, die sie mitgebracht hatte. Sie wusste nicht, wie lange sie schon auf dem kalten Boden gesessen hatte, bis plötzlich ein Summen anzeigte, dass der Servomotor Strom zog. Kurz danach schob sich der Holzstoß zur Seite. Vier vermummte Personen betraten hastig die Mine, von denen drei nach kurzer Abstimmung dem Tunnel in den Berg folgten, nachdem sie Kompressor und Deckenlicht eingeschaltet hatten. An ihrem Tuscheln hatte Helene sofort erkennen können, dass es Männer waren. Der Vermummte, der zurück geblieben war, verschloss den Eingang wieder und setzte sich auf einen Balken, wobei er eine Maschinenpistole auf den Eingangsbereich richtete. Helenes Herz klopfte bis zum Hals. Es kam ihr so laut vor, dass sie befürchtete, der Vermummte müsse es hören können, jeder ihrer Herzschläge würde ein kleines Erdbeben am Goldberg auslösen. Von ihrem Versteck aus konnte sie die Person gut beobachten, die in diesem Moment ihre Sturmmaske ablegte. Es war Matthias! Helene musste nicht lange nachdenken. Das war der Mann, in den sie sich verliebt hatte und den sie seit über zwei Jahren suchte.

»Hallo Matthias«, sagte sie klar und laut und bewirkte damit, dass er aufsprang, seine Waffe in Anschlag brachte und sich zwei Mal im Kreis drehte. Er konnte nicht orten, woher in dem dunklen Minenschacht die Frauenstimme gekommen war, bis Helene plötzlich vor ihm stand.

»Wo kommst du denn her?«

Es war eine in ihrer Banalität absurde Frage, gestellt in einem alten Bergwerk der Kelten, gerichtet an eine junge Frau, die Matthias über zwei Jahre nicht mehr gesehen hatte.

Helene zitterte vor Aufregung und Angst. Der Lauf der Maschinenpistole war direkt auf sie gerichtet. Ihr Gegenüber brauchte nur abzudrücken, um sie auszulöschen.

»Du musst sofort hier verschwinden! Wenn dich meine Freunde entdecken, werden sie dich erschießen.«

Matthias Warnung war ein klarer Hinweis darauf, dass ihr von ihm im Moment keine Gefahr drohte, sondern dass er ihr helfen wollte. Die junge Frau war erleichtert.

»Okay, ich verschwinde gleich. Kannst du nicht einmal in den nächsten Tagen bei mir zu Hause vorbeikommen, damit wir uns in Ruhe unterhalten können«, flüsterte sie.

Statt eine Antwort zu geben, wurde Matthias von einem Hustenanfall geschüttelt.

»Verschwinde jetzt endlich!«, presste er heiser aus seinen angegriffenen Lungen heraus und schob Helene hinaus auf den Waldweg. »Ich melde mich!« Er packte sie fest am Arm und flüsterte: »Bei deinem Leben, kein Wort zu irgend Jemandem über das, was Du hier gesehen hast!« Dann ging er in die Mine zurück und verschloss sie von innen. Helene lächelte glücklich und spürte doch mit aller Klarheit, dass ihr Lächeln im Stockdunklen reine Verschwendung war. Über ihrem Kopf bewegte sich langsam und völlig geräuschlos die Silhouette des Kapuzenmanns.

13.

Roman legte seinen Hausschlüssel unter die Fußmatte vor seiner Eingangstür, damit Sandrina ins Haus konnte, falls er nicht rechtzeitig zurück sein sollte. Es war eine Stunde vor Mitternacht, als er sich entschloss, zum Goldberg zu fahren, um dort oder auf dem Weg dorthin eventuell Helene zu finden. Unmittelbar im Bereich des ersten steilen Anstiegs zur Amöneburg erfassten seine Scheinwerfer eine Person beim Schieben ihres Fahrrads. Sie war es und sie war auf dem Rückweg, was Roman sehr beruhigte.

»Möchtest du gerne mitgenommen werden?«, fragte er die erschöpfte junge Frau in einem leicht spöttischen Unterton, nachdem er angehalten und sein Fenster heruntergekurbelt hatte.

»Ja bitte! Du hast wohl vorhergesehen, dass du mich hier treffen würdest, auf halber Strecke zwischen dem Goldberg und Amöneburg?«

»Hast du IHN getroffen?«, fragte Roman, der seine Neugier kaum verbergen konnte.

»Ja, habe ich und ich habe sogar mit ihm gesprochen.«

Roman wunderte sich, dass sie die Begegnung überlebt hatte. Die Gruppe, die das Uranerz abbaute, war äußerst gefährlich. Sicher war es Matthias gelungen, Helene vor seinen Kumpanen zu verbergen.

Roman lud ihr Klappfahrrad ein und brachte sie direkt vor ihre Haustür.

»Ich hoffe, dass ich bald Einzelheiten zu hören bekomme!«

»Komm doch herein, ich mache uns einen Kaffee.«

»Es geht leider nicht. Ich erwarte Besuch aus Marburg.«

»Sandrina?«

»Ja, genau.«

»Das ist doch keine Frau für dich, zu jung und überhaupt nicht intellektuell.«

»Ach ja, wie genau du das weißt.«

»Ich weiß das, weil ich auch zu jung für dich bin, trotzdem vielen Dank für das Mitnehmen.«

»Bitte, heute ganz ohne Wespen.«

»Ich glaube, es gibt keine mehr, es ist zu kalt.«

Roman lud das Fahrrad aus und Helene schob es bis zu ihrer Haustür, wo sie es ankettete. Dann ging sie ins Haus und man konnte hören, wie sie die Tür zwei Mal abschloss.

Roman wurde in diesem Moment eines klar, etwas über sich selbst. Er wäre lieber Helene ins Haus gefolgt als zu Sandrina gegangen, die an einem der Fenster seines Wohnzimmers saß und auf ihn wartete. Seit sie angekommen war, hatte sie panische Angst. Der Tod des Professors hatte sie sehr schockiert. Als sie ihren Freund endlich die Einfahrt herein kommen sah, war sie erleichtert, lief ihm entgegen und fiel ihm um den Hals.

»Ist der Kapuzenmann wieder unterwegs?«

»Ich habe ihn nicht gesehen.«

Genau in diesem Augenblick löste sich ein mit einer Sturmmaske vermummter Mann aus dem Schatten eines der Fachwerkhäuser und trat auf die Gasse, wo er nach allen Seiten prüfte, ob er unbeobachtet war.

Es waren nur wenige Minuten vergangen, seit Roman Helene nach Hause gebracht hatte, als es an ihre Tür klopfte. Sie blickte durch den Türspion und sah den Kapuzenmann direkt vor ihrer Tür stehen. Dann hörte sie ihn mit einer heiseren Stimme sagen:

»Mach auf, wir müssen reden!«

Sie wusste jetzt, dass es Matthias war und ließ ihn herein. Er legte seine Jacke ab und stand blass und abgemagert im hellen Licht des Flurs. Über seiner Schulter hing eine Maschinenpistole.

»Man sieht mir an, dass ich krank bin, oder? Ich kann es in deinem Gesicht lesen.«

»Leider ja, du siehst schrecklich aus, was fehlt dir?«

»Der Staub in der Mine hat mich krank gemacht, das radioaktive Uranerz. Vor zweieinhalb Jahren wurde ich an der Lunge operiert. Danach ging es mir erst besser, bis ich vor einigen Monaten wieder diesen hartnäckigen Husten bekam. Da ist nichts mehr zu retten.«

»Du musst so schnell wie möglich in die Klinik.«

»Dort war ich schon, die wollen noch einmal operieren. Dazu habe ich keine Zeit mehr. Das Projekt muss abgeschlossen werden.«

»Jetzt leg erst mal ab.«

Helene nahm die Waffe von seiner Schulter und hängte sie an den Kleiderständer. Dann dirigierte sie ihn zu ihrem Sofa, auf dem er sich mit einem tiefen Seufzer ausstreckte. Sie ging in die Küche und überbrühte zwei Teelöffel Earl Grey Tee. Dann brachte sie das Teegeschirr und eine Schale Gebäck auf einem Tablett ins Wohnzimmer.

»Es ist gut, wieder einmal in einem so entspannten Umfeld zu sein. Ich sitze hier wie in Mutters guter Stube. Wie hast du das Bergwerk überhaupt gefunden?«

»Ich hatte eine alte Karte.«

»Von der Mine weiß doch niemand außer dir?«

»Nein, natürlich nicht«, log Helene und fuhr fort:

»Warum bist du damals verschwunden und was hast du in den letzten zweieinhalb Jahren gemacht?«

»Das ist eine lange Geschichte, willst du sie wirklich hören?«

Die junge Frau nickte und setzte sich ans Fußende des Sofas. Er schlürfte von dem heißen Getränk, das er vorher mit mehreren Zuckerwürfeln gesüßt hatte, lehnte sich zurück und berichtete:

»Ich habe einen schweren Fehler gemacht, aber ich muss es jetzt zu Ende bringen. Was ist eigentlich mit deinem Ehemann, Armin?«

»Wir sind geschieden.«

»Er hat nicht zu dir gepasst, ich erinnere mich noch an die Szenen, die es zwischen euch gab, an den ständigen Streit.«

»Wir hatten einfach kein Geld, es fehlte überall.«

»Mir ging es auch so, aber das ist Vergangenheit.«

Matthias lächelte gequält.

»Als ich die Mine anhand alter Unterlagen aus dem geologischen Institut gefunden hatte, untersuchte ich zuerst den Gehalt an Gold, fand aber schnell heraus, dass es an dieser Fundstelle vor allem Pechblende gab,

159

ein Uranerz. Es gelang mir, im Labor den ›yellow cake‹ herzustellen, ein Pulver mit 80% Urangehalt. So etwas konnte man verkaufen, die Frage war nur, wem? Durch Zufall lernte ich in einer Marburger Bar einen Mann aus Syrien kennen, dem ich im Suff von meinem Fund erzählte und dass ich im Bereich Geologie meine Doktorarbeit schreiben würde. Er meinte, ich könne sehr reich werden, wenn ich nur die richtige politische Einstellung habe und stellte mich einige Tage später seiner ›Gotteskämpfereinheit‹ vor, drei Männer aus dem nahen Osten. Sie waren am Anfang sehr misstrauisch und machten mir klar, dass sie mich umbringen würden, wenn ich auch nur das Geringste verlauten lassen würde. Es entstand so eine Art ›Vertrauen des Schreckens‹. Sie erklärten mir, dass sie eine Möglichkeit suchten, nicht registriertes Uran in den Irak zu bringen und wir vereinbarten, dass ich bei der Förderung des Uranerzes und den chemischen Prozessen bis zum gelben Uranpulver helfen solle. Ich hatte die geniale Idee mit dem ›Kelten Bergwerk Erlebnispark‹ in einer stillgelegten Eisenmine im Siegerland. Eine bessere Tarnung zur Herstellung des Uranpulvers gab es nicht. Bis heute haben wir schon kistenweise Uran als Babynahrung getarnt in den Irak geliefert. Für jedes Kilogramm habe ich beachtliche Beträge kassiert. Ich bin ein reicher Mann, Helene.«

»Wenn du nicht schnell in die Klinik gehst, hast du nichts mehr davon.«

»Das Sensationellste an dem ganzen Projekt habe ich dir noch gar nicht gesagt. Die Abnehmer meines Urans werden nicht etwa schmutzige Bomben geringer

Wirkung bauen, sondern sie werden es anreichern, sie haben die technischen Möglichkeiten dafür.«

»Es tut mir leid, ich habe keine Ahnung was das ist und was es bewirkt.«

»Ich versuche einmal, es dir zu erklären. Es gibt zwei in der Natur recht häufig vorkommende Uran Isotope, Uran 238 und das gut spaltbare Uran 235. Letzteres hat einen Anteil am Natururan von etwa Nullkommasieben Prozent. Wenn man es anreichert, bekommt man waffenfähiges Material, das heißt den Stoff für Atombomben.«

»Um Gottes Willen, das darfst Du doch nicht unterstützen!«

Helene war bleich geworden. Sie konnte sich aber nicht vorstellen, dass Matthias und seine Leute wirklich die technischen Voraussetzungen dazu hatten.

»In einer unterirdischen Anlage im nahen Osten stehen bereits hunderte von Hochleistungsgaszentrifugen, die mit Uranhexafluorid beschickt werden und das waffenfähige Uran 235 liefern. Im Moment sind wir bei einer Anreicherung um die 20 Prozent.«

Helene blieb skeptisch.

»Das ist alles viel zu kompliziert, als dass Amateure eine solche Bombe bauen könnten.«

Matthias lächelte überlegen.

»Weißt du eigentlich, wie lange Oppenheimer und sein Team gebraucht haben, die erste Atombombe zu entwickeln und zu bauen? Gerade einmal drei Jahre, von 1942 bis 1945 und das mit den viel schlechteren Möglichkeiten und dem geringeren Know How von damals. Die Sowjets mussten gleichziehen und lösten ihre erste atomare Explosion 1948 aus. Die Bombe, die wir bauen werden, wird vergleichbar sein einem Auto, das man auf dem Schrottplatz zusammen geschweißt hat. Das ist aber nicht wichtig. Sie wird funktionieren. Nur darauf kommt es an.«

Helene war schockiert.

»Warum erzählst du mir das alles? Du musst blindes Vertrauen haben, dass ich nicht zur Polizei gehe.«

»Das habe ich. Würdest du etwas sagen, dann würden wir nicht nur dich, sondern deine gesamte Familie töten, deine Eltern, deine beiden Cousinen.«

Matthias hielt inne und atmete tief.

»Was rede ich da. Als ob ich dir etwas zu leid tun könnte.«

Helene wurde in diesem Moment klar, wozu er fähig war. Vielleicht war er sogar am rätselhaften Tod Joannas schuld, die durch die Exkursion mit Professor Lavatzki von dem Uranvorkommen gewusst hatte. Genau in dem Moment, als ihr diese schreckliche Idee kam, folgte Matthias' Bekenntnis. Er packte die erstarrte junge Frau an den Schultern und schüttelte sie.

»Ich habe Joanna damals aus dem Haus gelockt und auf der Straße mit einer Spritze betäubt. Wenn du nicht geschlafen hättest, hättest du sie ins Haus zurück bringen können und nichts wäre passiert. So ist sie erfroren.«

Matthias hatte Helenes Fragen zum Tod ihrer Freundin beantwortet. Er hatte sich als ihr Mörder zu erkennen gegeben, ohne Mitgefühl oder Reue. Seine Handlungen waren seiner eigenen perversen Logik unterworfen.

Mit einem mal war Helenes romantische Verliebtheit verschwunden, als hätte sie einen Schalter umgelegt. Sie konnte nur noch einen Gedanken fassen: »Wie, um Gottes Willen, komme ich hier wieder heraus?« Sie musste ihm etwas vorspielen, so tun, als sei sie jetzt seine Verbündete. Er durfte nicht den leisesten Zweifel an ihrer Loyalität haben.

»Kann ich hier übernachten?«

»Natürlich«, antwortete Helene betont lässig, »du kannst die Couch nehmen, ich bringe dir eine Decke.«

Matthias war einen Moment lang verblüfft, da er annahm, dass sie grenzenlos in ihn verliebt sei, sogar mehr als das, ihm bedingungslos ergeben.

»Gute Nacht, ich lege mich jetzt auch hin!« Das klickende Geräusch des Schlosses der Schlafzimmertür ließ ihn kurz daran zweifeln, ob er sie richtig einschätzte. Er hatte aber keine Lust, darüber zu grübeln, legte sich auf das Sofa und war bald eingeschlafen.

Am nächsten Morgen wurde Helene durch einen Hustenanfall geweckt, der Matthias durchschüttelte. Er stand im Bad und spuckte Blut ins Waschbecken. Es war ein erbärmlicher Anblick eines Mannes, der Uran in den nahen Osten schmuggelte, damit dort eine Atombombe gebaut werden konnte. Helene bereitete ein Frühstück, das ihr Besucher hastig verschlang.

»Ich muss in den Erlebnispark!«

Er sprang plötzlich auf, hängte sich seine Maschinenpistole über die Schulter, zog seine Jacke darüber und ging, ohne Helene noch einmal zu beachten.

Zur selben Zeit saßen nur einige Häuser weiter Roman und Sandrina beim Frühstück.

»Ich verstehe Dich nicht«, unterbrach er das Schweigen, »Du verlässt Anton wegen seines Alters und gehst mit mir eine Beziehung ein, obwohl ich auch nicht jünger bin als er.«

»Du bist ein ganz anderer Mensch, nicht so verkniffen«, sie lächelte, »und intelligent. Das ist es, was dich so anziehend macht.«

Roman fühlte sich geschmeichelt, nur, was waren diese Komplimente wert? Manchmal hatte er den Verdacht, dass Sandrina ihn benutzte. Irgend etwas war zwischen ihr und Anton vorgefallen, ein Ereignis, dass sie so sehr verletzt haben musste, dass sie sich von ihm getrennt hatte, mehr noch, sie sann auf Rache. Auch wenn sie Roman im Steinweg vor dem Detektiv auf der anderen Straßenseite gewarnt hatte, sie konnte sich darauf verlassen, dass ihre Beziehung mit ihm bekannt werden würde, ahnte aber nicht, dass Anton es durch seine Beschattung bereits wusste. Damit war er Sandrina einen Schritt voraus.

Seine Beobachtungen hatten erst Entsetzen bei ihm ausgelöst, dann blanken Hass. Er wollte sie jetzt nicht mehr zurückgewinnen, sondern nur noch bestrafen. Den glühenden Schmerz in seiner Brust wollte er sich heraus reißen, indem er dessen Ursache vernichtete: Sandrina!

Ein dumpfes Grollen kündigte einen Erdstoß an. Roman packte Sandrina, die nicht gleich verstand, was im Gange war, am Unterarm und zog sie auf die Straße. Aus allen Häusern rannten die Menschen ins Freie.

Roman nahm die Hand seiner Freundin und ging mit ihr bis zu einer Stelle am Ende der Straße, von der man bis zum »Schweinsberg Vulkan« blicken konnte. Von dem bereits erstarrten Schlot ging ein mehrere hunder Meter langer Riss ins Ohmtal, eine Erdspalte, aus der glühende Lava quoll. Man konnte erkennen, dass der kochende Fluss recht langsam vorankam und an vielen Stellen stockte. Es war zähflüssiger Basalt. Dann stiegen mit lautem Zischen dichte Wolken aus Wasserdampf auf. Die Lava füllte das Bett der Ohm aus. Die Erlen, Eschen, Pappeln und Weiden am Ufer standen sofort in Flammen und verbrannten völlig.

»Wer weiß, was hier noch alles passieren wird«, schrie Roman, »lass uns nach Marburg fahren!«

Er war nicht der einzige, der diese Idee hatte. Die Straßen waren bereits mit Autos verstopft. Roman entdeckte Helene, die panisch an Autofenster klopfte, um mitgenommen zu werden. Er winkte sie zu sich heran und ließ sie einsteigen. Auch Sandrina fuhr mit und ließ ihr eigenes Auto zurück. Wegen der chaotischen Verkehrsverhältnisse dauerte es zwei Stunden, bis sie in Marburg ankamen. Das schwache Erdbeben war längst wieder abgeklungen, der Lavafluss im Ohmtal zum Stehen gekommen. Sandrina bot Helene an, erstmal bei ihr unterzukommen. Roman beschloss, in die Firma zu gehen um dort Anton zu treffen, mit dem er wichtige Software Modifikationen zu besprechen hatte.

Sein Partner war jedoch nicht da. Die Mitarbeiter drucksten herum und erzählten schließlich, dass er am Vortag wütend in der Firma erschienen sei und seinen

Laptop auf den Boden geworfen habe. Roman konnte sich dieses Verhalten nicht erklären. Es beunruhigte ihn jedoch sehr. Er beschloss, zur nahe gelegenen Wohnung Antons zu gehen, wo er ihn jedoch nicht antraf. Ein Verdacht stieg in ihm auf. Sollte sein Gefährte von dem Verhältnis zu Sandrina erfahren haben?

14.

Den Colt aus spanischer Fertigung, den Anton besaß, hatte er nicht regulär erworben. Er besaß nicht einmal einen Waffenschein. Ein Freund hatte ihm die sechsschüssige Handfeuerwaffe nebst einhundert Schuss Munition besorgt. Anton hatte nie einen Schuss damit abgegeben. Die Waffe lag seit Jahren in einem Wandtresor und wurde von ihm gelegentlich eingeölt. Man konnte nie wissen, wie man so etwas einmal brauchen könnte.

Der Tag war heute gekommen. Anton klappte die Trommel nach außen und lud sie mit sechs Patronen des Kalibers acht Millimeter Lebel. Dann steckte er die Waffe unter seine Jacke in den Hosengurt. Er macht sich auf den Weg zu Sandrinas Wohnung im Steinweg. Das schwache Erdbeben und die darauf folgende Panik der Leute interessierten ihn nicht. Es war ein düsterer Tag mit schweren schwarzen Wolken, die sich bis zum Horizont zogen, einem Horizont ohne Hoffnung. Er musste es jetzt hinter sich bringen und stieg die Treppen zu ihrer Wohnung hinauf, wo er läutete. Nichts regte sich. Er ging noch ein Stück weiter und setzte sich auf die zweitunterste Stufe der Treppe zum nächsten Stockwerk, mit Blick auf Sandrinas Tür. Hier konnte er den Eingangsbereich durchs Geländer beobachten, ohne selbst gesehen zu werden. Er musste nicht lange warten, bis seine ehemalige Freundin und eine andere Frau die Treppe herauf kamen. Beide gingen in die Wohnung. Wer war nur die Begleiterin? Anton erinnerte sich an ihr Gesicht, das er in Amöneburg gesehen hatte. Sie verunsicherte ihn, brachte seinen ganzen Plan durcheinander. Noch einmal wollte er allein mit Sandrina sein und ihr die letzte, alles entscheidende Frage stellen.

Helene hatte das Klingeln gehört, die Tür geöffnet und den Unbekannten gefragt, ob er zu Sandrina wolle. Im nächsten Moment hielt er ihr seinen Revolver an die Schläfe und zischelte: »Kein Ton!«

Er packte sie an der Schulter und schob sie ins Schlafzimmer aus dem es »Wer ist da?« geklungen hatte. Dann ging alles wie in Zeitlupe. Anton ließ Helene los und stürzte sich auf Sandrina, deren Kopf er an den Haaren brutal nach hinten riss und ihr den Lauf seiner Waffe in den Mund schob. Im nächsten Moment drückte er ab und hätte Sandrina vermutlich getötet, wenn nicht Helene ihm von hinten auf den Rücken gesprungen wäre und ihn zu Boden gerissen hätte. So durchschlug das Projektil seines Colts nur Sandrinas Wange und drang ein Stück in die Wand ein, deren wegspritzende Mörtelteilchen ihr Gesicht wie ein Schrotschuss trafen, ohne sie aber schwer zu verletzen.

Anton flüchtete, ohne seinen Revolver mitzunehmen. Er glaubte, Sandrina getötet zu haben und rannte zu seiner Wohnung, in der er schwer keuchend ankam. Die Decke seines Wohnzimmers wurde von einem massiven Unterzug aus Eichenholz getragen, in den zwei schwere eiserne Haken geschraubt waren, die ein Auto hätten tragen können. Anton schnitt das zehn Millimeter starke Hanfseil aus seiner alten Standuhr ab, deren Gewicht krachend nach unten sauste. Auf einem Stuhl stehend, wand er das Seil mehrfach um seinen Hals und um die beiden Haken, bis er es schließlich verknüpfte. Dann stieß er den Stuhl um.

Als die von Helene alarmierte Polizei sich eine halbe Stunde später Zugang zu Antons Wohnung verschaffte, fand sie ihn nur noch tot vor. Zu diesem Zeitpunkt war Sandrina bereits mit Blaulicht auf dem Weg in die Klinik. Helene begleitete sie. Antons Trommelrevolver hatte sie in ihre Tasche gesteckt.

Auf dem Weg zu Sandrinas Wohnung war Roman der Krankenwagen mit heulender Sirene entgegengekommen, ohne dass er ahnen konnte, wer hier transportiert wurde und warum. Erst als er von Absperrungen aufgehalten wurde und Polizisten im Treppenhaus des kleinen Fachwerkhauses sah, dämmerte es ihm, dass das ganze Spektakel wegen seiner Freundin stattfand und er ahnte auch warum. Einer der Schaulustigen klärte ihn darüber auf, dass hier gerade jemand erschossen worden sei. Er habe den Schuss gehört. Roman packte die nackte Angst. Panikartig rannte er zurück zu Antons Haus und wurde dort ebenso durch eine Absperrung aufgehalten. Als er sich einem der Polizisten als Geschäftspartner von Anton vorstellte, wurde er durchgelassen und sah gerade noch, wie sein toter Compagnon abtransportiert wurde. Ein Ermittler in Zivil sagte ihm, dass sein Partner sich erhängt habe. Romans Personalien wurden aufgenommen, danach fuhr er mit einem Taxi zur Klinik. Dort erfuhr er, dass Sandrina gerade operiert werde. Sie sei nicht in Lebensgefahr. Auf dem Flur traf er die völlig verstörte Helene, die noch nichts davon wusste, dass Romans

169

Partner sich erhängt hatte. Diese Nachricht schockierte sie sehr, obwohl sie Anton nicht kannte, bis auf die kurze Begegnung in Sandrinas Wohnung.

»Lass uns zurück nach Amöneburg fahren«, schlug Roman vor und Helene nickte. Sie konnten hier nichts mehr tun.

Die Erde gab keine Ruhe, immer wieder schwankte der Untergrund bedrohlich. Je näher sie ihrem Wohnort kamen, um so mehr spiegelten die tief hängenden Wolken das zuckende Rot des kleinen Kratersees, den der Schweinsberg Vulkan geschaffen hatte. Amöneburg war von den meisten seiner Bewohner verlassen. Auf den Straßen herrschte einer gespenstische Stille.

»Vielleicht fahren wir doch lieber wieder zurück nach Marburg«, brachte Helene zaghaft hervor, aber Roman antwortete unwirsch: »Egal wo wir hinfahren, uns kann überall etwas auf den Kopf fallen!«

Sie saßen im Wohnzimmer der früheren Wohnung Joannas und tranken einen aromatisierten grünen Tee, den Helene zubereitet hatte. Die Erdstöße ebbten ab.

»Das Beben schläft ein«, flüsterte Helene, als wolle sie vermeiden, dass der feuerspeiende Drache der Tiefe sie hören könne. Man sollte ihn nicht herausfordern. Über Millionen von Jahren hatte er im glutflüssigen Gestein, nur wenige Kilometer unterhalb der Erdkruste, geschlummert. Das Donnern der vom Menschen ausgeführten Explosionen im Basalt Steinbruch hatte ihn geweckt.

»Hörst du das Summen?«, fragte Helene.

»Ja, das wird doch um diese Zeit im Jahr keine Wespe sein?«

Im selben Moment näherte sich der gelb-schwarz gestreifte Brummer Helene in einem taumelnden Flug.

»Vorsicht, das Insekt ist benommen und dadurch um so gefährlicher!«

Sie schrie hysterisch auf und schlug mit den Armen um sich. Dann warf sie sich in Romans Arme, nachdem dieser die inzwischen auf dem Boden krabbelnde Wespe zertreten hatte.

Er hielt Helene fest und blickte in ihre Augen, konnte aber ihrem Blick nicht standhalten. Noch nie war er ihr so nah gewesen. Ihre Schönheit beeindruckte ihn tief. Er versuchte, sich der Wirkung zu entziehen, indem er in eine andere Richtung schaute, doch der Versuch war lächerlich. Er war bereits in ihrem Spinnennetz gefangen.

Mitten in der Nacht wachte er davon auf, dass eine Person im Zimmer stand.

»Ich kann heute nicht allein schlafen«.

Helene wartete seine Antwort nicht ab, sondern schlüpfte unter seine Decke.

Am nächsten Morgen saßen die beiden verlegen am Frühstückstisch, ohne ein Wort zu sprechen.

»Bilde dir nur nichts ein«, unterbrach Helene das Schweigen, »ich werde immer nur Matthias lieben!«

»… und ich Sandrina«, antwortete Roman trotzig.

Sie schob ihre Hand über den Tisch und legte sie auf seine.

»Wir werden sehen!« Beide lachten. Er stand auf, ging um den Tisch herum, hob sie hoch und trug sie ins Schlafzimmer.

Zur selben Zeit herrschte im Stollen des Goldbergs Hochbetrieb. Matthias und die drei Männer seiner Gruppe besserten die Schäden aus, die durch die Beben verursacht worden waren. Vor allem im oberen Bereich des Urangangs waren einige der tragenden Balken heruntergefallen. Dieser einsturzgefährdete Bereich stammte zum Teil noch aus dem neunzehnten Jahrhundert. Besonders heikel war es, dass es eine Art Erdrutsch gegeben hatte. Ganz am Ende des Tunnels hatte sich plötzlich ein schmaler Ausgang nach oben gebildet, der in einer kleinen Senke endete, über die man das Bergwerk verlassen konnte. Dieses Loch konnte natürlich auch von Wanderern entdeckt werden, wenn sie auf dem nahe gelegenen Waldweg unterwegs waren.

»Wir sollten diesen Zugang sofort verschließen«, sagte Matthias in seinem perfekten Englisch, »auch wenn wir jetzt genug Uran haben, um den Abbau beenden könnten. Das Bergwerk sollte auf gar keinen Fall entdeckt werden.«

Seine Begleiter nickten. Sofort begannen sie damit, die umgefallenen Stützbalken wieder aufzurichten. Von außen bedeckten sie die offene Stelle mit einem dichten Geflecht aus Ästen und schaufelten schließlich Erde und altes Laub darauf. Noch am Nachmittag desselben Tages war der Stollen wieder verschlossen.

Helene und Roman fuhren am nächsten Tag nach Marburg. Zuerst besuchten sie Sandrina, die von Antons Tod erfahren hatte und wegen des ganzen Vorgangs immer noch völlig verstört war. Sie würde einen guten Psychologen benötigen. Roman kaufte sich eine Zeitung und konnte in einem Bericht über das Geschehene lesen, dass die Tatwaffe verschwunden sei. Sie sei weder in Sandrinas noch in Antons Wohnung gefunden worden. Dieser Umstand war völlig rätselhaft, Roman konnte sich aber nicht länger damit beschäftigen, da er in seiner Firma dringend gebraucht wurde und verabschiedete sich von Helene, die am späten Nachmittag noch eine Vorlesung besuchen wollte. Am Abend wollten sie dann beide zusammen nach Amöneburg fahren.

Als Helene nach einer Stunde noch nicht am verabredeten Treffpunkt erschienen war, wurde Roman nervös. Er war sich nicht sicher, ob sie Matthias wirklich aufgegeben hatte. Sie konnte auch noch ein ganz anderes Motiv haben, ihn zu finden, um den Tod ihrer Freundin zu rächen.

Wenn Helene Matthias treffen wollte, musste sie zum Goldberg und genau dahin war sie unterwegs. Nachdem sie per Anhalter bis Mardorf gekommen war, ging sie erst zum Sportplatz und folgte dann dem Fußweg. Es wurde schon dunkel und sie hatte nur eine winzige Led Taschenlampe dabei, die an ihrem Schlüsselring hing. In ihrer Tasche hatte sie jedoch den Colt und das gab ihr ein sicheres Gefühl, auch wenn sie noch nie eine Waffe abgefeuert hatte. Im Wald herrschte schon völliges Dunkel und sie konnte kaum erkennen, wohin sie trat. Dann sah sie den schwachen Schein, der unter dem Holzstoß nach draußen drang. Es musste jemand in der Mine sein, vielleicht die ganze Gruppe. Sie betätigte den getarnten Hebel, der Holzstoß fuhr zur Seite und gab die Öffnung frei. Helene ergriff einen der herumliegenden Äste und schob ihn zwischen Schiene und Rad des Mechanismus, der damit blockiert war.

Dieses Mal hatte sie das Pech, dass, anstatt Matthias, einer der Kämpfer sie zuerst entdeckte, als sie den Tunnel betrat. Er packte sie, drehte ihr die Arme auf den Rücken und schob sie in den Gang. Danach versuchte er, den Eingang zu verschließen, was ihm wegen der Blockierung misslang. Er musste Helene kurz loslassen, die blitzschnell den Colt aus ihrer Tasche zog und dem Mann an den Kopf hielt. Damit überraschte sie ihn im ersten Moment so sehr, dass er, wie von ihr in Englisch befohlen, sich mit dem Rücken zu ihr niederkniete. Kurz danach kamen Matthias und die anderen beiden Männer den Tunnel herab, die sofort ihre Maschinenpistolen in Anschlag brachten, es aber nicht wagten, in der unsicheren Situation einen Schuss abzufeuern. Sie waren etwa zehn Meter entfernt und es war zu riskant, in dem schummrigen Licht mit einem einzigen Schuss Helene auszuschalten, sodass sie den Finger nicht mehr hätte krümmen können.

»Stop!«, schrie jetzt Matthias laut, »she's a friend!«

Er hätte seine Mitkämpfer damit nicht mehr verunsichern können. Der vor Helene kniende Mann sprang plötzlich auf, entriss ihr den Colt und zog sie an den Haaren zu seinen Kumpanen, die jetzt ihre Waffen auf

Matthias richteten, der nur etwa fünf Meter entfernt von ihnen in einer Nische stand, ebenfalls mit der Waffe im Anschlag. Er versuchte immer noch, die Situation zu erklären, schürte dadurch jedoch das Misstrauen immer weiter.

Roman näherte sich dem Bergwerk und sah schon von weitem, dass der Eingang offen war. Die feuchte Nachtluft zerstreute das helle Licht aus dem Inneren der Mine. Er näherte sich von der Seite, nachdem er einen schweren Ast ergriffen hatte und schob seinen Kopf langsam vor den Eingang des Stollens. Im selben Moment schlug ein Schuss neben ihm ein. Man hatte ihn entdeckt. Der laute Knall war das Signal zu weiteren Schüssen. Matthias erwiderte jetzt das Feuer seiner eigenen Männer und wurde selbst an der Schulter getroffen. Der unbewaffnete Roman konnte nicht eingreifen. Er schrie aber laut:

»Lauf weg Helene, lauf!«

Fast zeitgleich begann plötzlich der ganze Berg zu rumpeln, In der Mine herrschte ein ohrenbetäubender Lärm. Über die gesamte Länge der Stollen fielen die Stützbalken um. Helene begriff am schnellsten, was geschah. Die Erde bebte! Sie riss sich los und rannte zum Ausgang, wurde aber noch von einem Streifschuss am Unterarm getroffen. Dann krachte die gesamte Decke des Bergwerks zusammen und erschütterte den Goldberg wie ein Dampfhammer.

Roman und Helene rannten um ihr Leben, Sie wähnten Verfolger hinter sich, stellten aber am Sportplatz fest, dass ihnen niemand hatte folgen können. Matthias und seine Männer hatten es nicht mehr bis zum Ausgang geschafft. Sie wurden von herabstürzenden Balken und Steinen erschlagen. Der Eingang zur Mine wurde von herabstürzenden Felsen und Erde völlig zugedeckt.

Roman brachte Helene in die Klinik, wo die Schussverletzung behandelt wurde. Wegen der Mitteilungspflicht des behandelnden Arztes an die Polizei dauerte es nicht lange, bis ein Ermittler erschien. Helene und Roman hatten sich vorher darüber abgestimmt, dass sie beim Spazierengehen am Mardorfer Sportplatz während des Erdbebens beschossen worden seien. Auf die Idee, dass ein Zusammenhang zwischen den Schüssen auf Helene und Sandrina bestehen könnte, kam die Polizei zunächst nicht, obwohl die beiden betroffenen Frauen in der Klinik auf derselben Station nur wenige Meter weit entfernt voneinander lagen.

Einer pfiffigen jungen Krankenpflegerin fiel jedoch etwas auf. Sie wunderte sich darüber, dass Roman, der ihr durch sein freundliches Grüßen in Erinnerung geblieben war, nach der Einlieferung von Sandrina mit dem behandelnden Arzt gesprochen hatte, jetzt aber bei Helene im Zimmer war. Sie teilte das der Stationsschwester mit, was dazu führte, dass Roman erneut befragt wurde. Für die Polizei war das ganze verwirrend.

Warum wurde die Freundin des Geschäftspartners eines Selbstmörders (also Helene), der vorher noch seine Exfreundin (Sandrina) zu erschießen versucht hatte, von einer nicht auffind-

baren Kugel am Arm getroffen, und das am Mardorfer Sport-
platz?

Der Schlüssel zur Lösung des Falls wäre die schöne
Helene gewesen. Sie gab sich aber wortkarg und rückte
immer mehr aus dem Fokus der Ermittler. Die Polizei
nahm an, dass der Mardorfer Schuss eigentlich Roman
gegolten habe. Sein Haus in Amöneburg wurde durchsucht, ohne dass auch nur die geringsten Hinweise
gefunden worden wären. In Helenes Wohnung wurde
Joannas Büchlein gefunden, dessen Bedeutung jedoch
nicht erkannt wurde.

Es dauerte noch bis zum späten Frühjahr, als klar
wurde, welchem Zweck das »Kelten Erlebnispark«
Projekt im Siegerland wirklich gedient hatte. Die illega-
le Herstellung von Uran aus Uranerz mitten in
Deutschland war eine sensationelle und zugleich er-
schreckende Entdeckung, die tagelang die Nachrichten
beherrschte. Sofort wurde eine Sonderkommission
aufgestellt. Die Suche nach Matthias, dem offiziellen
Betreiber des Parks, begann, hatte aber keinen Erfolg.
Es blieb völlig rätselhaft, wo die Pechblende herge-
kommen war. Stillgelegte Bergwerke im Osten wurden
untersucht, ob dort vielleicht ein illegaler Abbau er-
folgt war - ohne Ergebnis.
  Dabei waren die Ermittler der Lösung das Problems
ganz nah, als sie auf die Idee kamen, Armin, den ge-
schiedenen und immer noch eifersüchtigen Ehemann
Helenes zu befragen. Nachdem dieser aber zur Zeit

des schweren Bebens ein Alibi hatte, war klar, dass er den Schuss auf Helene nicht abgegeben haben konnte.

Sandrina traf sich nur noch einmal mit Roman, nachdem sie aus der Klinik entlassen worden war. Beide waren sich einig, dass sie nicht zueinander passten und in Zukunft ihre eigenen Wege gehen würden. Helene zog zu Roman in das Haus, in dem sie mit Joanna gelebt hatte.

Über dem alten Bergwerk am Goldberg wuchsen, nachdem der Wald schon seit Jahren sich selbst überlassen worden war, junge, dicht stehende Buchen und Fichten. Im Lauf der Zeit bohrten sich ihre Wurzeln immer tiefer in die verschütteten Gänge und Hohlräume. Jedes Jahr entledigte sich der Wald seiner Blätter, die zu Humus vermoderten, in dem wiederum neue Pflanzen wurzeln konnten, bis auch der letzte Hinweis auf das Bergwerk der Kelten verschwunden war.

Helene und Roman verbrannten das alte Büchlein demonstrativ im Kamin. Niemand sollte sich eines Tages wieder auf die Suche nach der Goldmine machen – und Uran finden!
    Nur wenige Kilometer unterhalb der Erdkruste hatte sich der feuerspeiende Drache schlafen gelegt. Die Erdbeben ebbten ab, der Lavafluss aus dem Schlot des Schweinsberg Vulkans versiegte. Ein Drittel der alten Fachwerkhäuser im Ort waren verbrannt. Die Men-

schen kamen aber nach und nach zurück, beseitigten die Schäden und bauten die Häuser wieder auf.

Eine Spaziergängerin aus Mardorf berichtete vor kurzem von einem gruseligen Kapuzenmann, der sich im Wald herum treiben würde. Bis heute haben die Dorfbewohner kein gutes Gefühl, wenn sie auf dem Goldberg wandern. Ihren Kindern haben sie verboten, dort zu spielen.